ANOCHE EN LAS TRINCHERAS

ALBERTO VILLARREAL

ANOCHE EN LAS TRINCHERAS

 Planeta

Diseño e ilustración de portada: Salvador Verano Calderón
Diseño de interiores: Fernanda Chávez Barradas
Fotografía de autor: Miguel Romero
Página 75: 2001, Poema: Cuando tengas ganas de morirte, Jaime Sabines

© 2018, Editorial Planeta Mexicana, S.A. de C.V.
Bajo el sello editorial PLANETA M.R.
Avenida Presidente Masarik núm. 111, Piso 2
Colonia Polanco V Sección
Delegación Miguel Hidalgo
C.P. 11560, Ciudad de México
www.planetadelibros.com.mx

Primera edición en formato epub: octubre de 2018
ISBN: 978-607-07-5262-9

Primera edición impresa en México: octubre de 2018
ISBN: 978-607-07-5263-6

Impreso en los talleres de Foli de México, S.A. de C.V.
Negra Modelo No. 4 Bodega A, Col. Cervecería Modelo, C.P. 53330
Naucalpan de Juárez, Estado de México.
Impreso y hecho en México — *Printed and made in Mexico*

3 1393 03276 1118

A ustedes, por mostrarme el camino.
Gracias por su luz.

Anoche en

-LAS TRINCHERAS-

1

Cuando por fin me asomé por el balcón vi su rostro iluminado.

—¿Qué haces aquí, Leonardo?

Me tiemblan las piernas, los labios y los recuerdos. Después de tanto tiempo, ¿por qué teníamos que encontrarnos de nuevo? Hacía muchos años de aquellos juegos de niños: de reyes y esclavos, policías y ladrones. Toda nuestra historia está escrita en pasado y no hay oportunidad de un futuro.

Suelto un alarido.

—¿Qué haces aquí, Leonardo?

2

Mi abuela dice que cuando llueve es porque Dios está triste. Yo no sé por qué estos años ha estado tan triste, pues ha llovido mucho.

—Cuando era niña las lágrimas de Dios se las tomaba la tierra, bañaba a los árboles y a nosotros también. Este nuevo suelo, tan firme y caliente, no absorbe, escupe el muy malagradecido. *Progreso,* le llaman algunos necios. Por lo menos ya no tendrás que preocuparte, Betito. Esos tubos que están poniendo bajo el suelo van a drenar todas las lágrimas.

La colonia donde vivo es un desastre, hay excavadoras en todas las esquinas y hoyos que miden cuatro veces mi estatura. Recuerdo cuando la lluvia inundaba las calles y entraba a la casa por debajo de las puertas: moría de miedo, creía que me ahogaría. Ahora eso ya no volverá a pasar según dice la abuela.

—Leonardo, ¿qué haces ahí? Nos van a regañar. ¡Ya sube! Vamos a las maquinitas. Mi tía me dio diez pesos, te puedo dar cinco.

—Tú y tus maquinitas... Quién sabe cuánto tiempo tendremos antes de que terminen de construir aquí, tenemos que aprovechar. Baja y crucemos estos tubos, a ver a dónde nos llevan. Es como jugar Mario Bros.

—Seguro hay ratas ahí abajo —le dije dando un paso atrás.

—¡Como siempre tan miedoso! Pues yo iré... Allá tú si quieres aburrirte arriba. Pero eso sí, eh, te vas olvidando de nuestro parque de diversiones. Yo no puedo ser socio de un cobarde.

Hace un mes invité a Leonardo al parque de diversiones con los dos boletos que me dio mi abuelo, ¿a quién más iba a invitar sino a él? No es mi único amigo, pero con nadie me siento tan cómodo como con él. Estábamos muy entusiasmados, pero cuando intentamos disfrutar de los juegos mecánicos más divertidos, llegaban adultos para decirnos que éramos muy pequeños para subir, que nos faltaban, por lo menos, otros cinco centímetros de altura. Eran sólo cinco centímetros. ¿Quiénes eran ellos para decirnos que nos faltaban cinco centímetros para poder disfrutar como los demás?

En ese momento decidimos que nadie nunca nos iba a limitar, pues algún día tendríamos el dinero suficiente para abrir nuestro propio parque de diversiones: juegos mecánicos para todos, el mejor lugar de la ciudad. Siempre soñamos en equipo, no había sueños individuales. Imaginamos mil escenarios: parques de diversiones, chefs en nuestro restaurante, escuelas donde todos aprenderían de formas divertidas y viviríamos en aquella casa grande que siempre veíamos cuando andábamos en bicicleta.

—No, espera... Voy a bajar, pero si una rata me muerde, tendrás muchas cosas que explicarle a mi mamá.

—Le diré que moriste intentando salvarme la vida, que moriste como un héroe.

—¿Qué le diré a tu mamá si el que muere eres tú?

—Deja de imaginar tantas cosas. Estamos en el drenaje, no en la guerra.

Empezamos a caminar por aquellos enormes tubos blancos hasta que la luz ya no pudo alcanzarnos. No di pasos largos por el miedo a pisar algo desagradable. Ya no sólo pienso en ratas, también pasan por mi mente docenas de criaturas diferentes. Además, el olor del agua estancada y el bochorno me dificultan la respiración. Leonardo va delante de mí, también camina lento y, aunque no lo puedo ver, lo puedo escuchar... Creo que él está tan asustado como yo.

Se detiene en la oscuridad y choco contra él. Al principio creo que ha dejado de caminar porque vio algo que lo asustó. Mis músculos se preparan para correr, pero me relajo en cuanto me toma de la muñeca.

—Toma esto, es un regalo de cumpleaños adelantado —dice mientras abre mi mano.

—¿En serio?

—En serio.

—Gracias. —Cuando veo lo que sostiene, me lleno de fuerza.

Es el amuleto de Leonardo: una pulsera negra con un pequeño jade que su abuelo le dejó antes de mudarse a Estados Unidos. Nunca nadie me había regalado algo tan valioso. Me dieron ganas de llorar.

Decido que cuando me sienta más seguro le regresaré su pulsera. No puedo aceptar un regalo que significa tanto para él.

3

Soñar era lo que mejor sabíamos hacer, quién diría que nuestros sueños terminarían por consumirnos.

En esos días desconocía lo mucho que me costaría dejar de vivir con miedo. Quisiera regresar a temerles a las ratas y a los monstruos bajo la cama.

Necesito salir de esta trinchera: corro por las escaleras, tengo que ver a Leonardo de cerca.

4

¿Tacos de sal? Qué cosa tan extraña. No puedo entender cómo alguien puede disfrutar de tortillas de maíz con un poco de sal hasta que yo mismo las pruebo. No es mi comida favorita, pero algo tiene esa sencillez que hizo que durante varios días comiera al menos tres tacos por las mañanas.

En la casa de los Ramos siempre se come diferente, siempre son muy creativos cuando se trata de cocinar: tacos de sal, hamburguesas con pan para hacer sándwiches y caldo de res pero sin la vaca... Eso sí, siempre que se come caldo de res sin vaca tenemos que mugir. Me gusta mucho comer en casa de Leonardo, es muy divertido. Ahí normalmente comemos con su mamá, una señora bajita con cabello rojizo corto y una boca que nunca para de contarnos cosas.

—¿Ahora sí me vas a querer, Beto? Ya te dije que yo sé planchar, lavar, hacer de comer. Para qué vas a andar buscando a una muchacha que no sepa hacer nada.

—Mamá, no quiero que Beto sea mi padrastro, ¿te imaginas? Ya mucho lo aguanto teniéndolo como amigo.

Yo siempre me río sin hacer mucho ruido. Doña Blanca siempre bromea sobre nuestra nada posible relación a futuro. Después de mi abuela es como mi segunda madre: también me regaña y lo hace de la manera más firme posible, nunca nadie me ha regañado como ella. Dice que es porque nos quiere más de lo que se quiere a sí misma, que el mundo allá afuera está hecho un desastre y no sabría qué sería de ella si algo malo nos llegara a pasar. Me parece muy dulce cuando se preocupa por nosotros. Es muy raro esto de tener más de una familia.

En casa de Leonardo encontramos a su hermana por las noches; a ella le encanta el fuego, suele perseguirnos por la casa con una lata de aerosol en una mano y un encendedor en la otra. Nunca nos llega a quemar, aunque un día, mientras huíamos del fuego, me caí de las escaleras de caracol que tenían en el patio. Clara se sintió muy mal al verme tirado y yo me sentí peor al verla preocuparse, hasta llegué al borde de las lágrimas, no entendía el porqué de su reacción tan exagerada hasta que bajé la mirada hacia mi brazo.

Perdí el conocimiento.

Desperté en un taxi con el brazo envuelto en una playera negra.

—Vamos camino al hospital, mijo. Creemos que te rompiste el brazo. —La voz de mi abuela me hizo sentir seguro... volví a desmayarme.

Cuando abrí los ojos, me encontraba en una pequeñísima habitación, mi madre estaba ahí, hablando desde el teléfono fijo en voz baja... parecía molesta.

El dolor que sentía en el brazo incrementó.

—¿Cómo le vamos a hacer, Roberto? —Fue lo único que alcancé a escuchar antes de que mi mamá se diera cuenta de que había despertado.

Colgó el teléfono después de decirle a mi padre un «luego lo hablamos». Se acercó y me dio un beso en la frente.

—¿Cómo te sientes, mi niño?

—Quiero llorar, me duele mucho.

—Llora, papi, llora... Pero vas a estar bien, tendrás que usar yeso durante algunas semanas, pero vas a estar bien. Promesa.

Creo que lo decía más para ella que para mí. Mis papás siempre me han tratado como si yo fuera un pequeño príncipe. Por más que han tratado de ocultarlo, he visto cómo ellos han dejado de comer para que yo no tenga hambre. El dinero siempre ha hecho falta en casa, sobre todo ahora que tengo un hermano pequeño. Si me fui a vivir con mis abuelos no fue porque no los quisiera, sólo que no podía soportar ver a mis padres discutir porque no había para comer o para pagar la luz o el gas. Me dolía que esa fuera la escena de todos los días. De verdad los quiero... y aun así decidí dejar el caos que resultaba vivir con ellos.

5

La única ruta que tengo permitida es de la escuela a la casa. Toda mi familia se volvió loca, creen que terminaré por quebrarme el otro brazo.

—No vas a salir hasta que te quiten el yeso, no seas terco. Un brazo roto a la vez... En unos meses puedes ir a romperte una pata si eso es lo que quieres. —Con esas palabras mi abuelo da por terminada la discusión. Deberían de conocerme mejor: probablemente soy el niño más asustadizo de la colonia, jamás haría algo que pudiera terminar con alguna extremidad partida en dos.

Leonardo me visita durante todos mis días de reclusión. Nunca fuimos de videojuegos, así que tuve que buscar y conectar el Play Station que mi tío me regaló cuando cumplí años y que usaba como alcancía. Donde deben ir los discos guardaba monedas de diez pesos que no quería gastar. No nos importaba tener un solo control porque nuestro juego favorito era el de Toy Story y sólo podía haber un jugador a la vez, así que aprendimos a pasar horas jugando.

Al final algo ha cambiado en nuestra amistad después de estar encerrados durante tanto tiempo. Cada día imaginamos un nuevo plan, ya no nos basta con nuestro propio parque de diversiones y la nueva escuela. Mi proyecto favorito no es tan complejo, ahora queremos vivir en el campo, cerca de un río. Ahí tendremos un enorme terreno en donde cabrán dos casas pequeñas con grandes ventanas. Entre las casas habrá una palapa con una mesa grande, en donde nuestras familias se reunirán para desayunar todas las mañanas. En los días libres iremos a nadar al río con nuestros hijos y nuestras esposas. Viviremos como hippies.

—¿Tú crees que podamos cumplir nuestros sueños? —Me preguntó una vez.

—¿Lo dudas?

—Sí… Es decir, nuestros papás también tenían sueños, ¿no?

—Supongo —contesté después de unos segundos.

—No creo que los hayan cumplido. Sus vidas no parecen ser un sueño.

—No somos nuestros papás.

—Pero somos sus hijos.

Esa frase me persigue durante las noches. ¿Y si al final sólo soy el hijo de mis papás? Fingí que tenía que ir a la cocina y dejé salir un poco de lluvia, no quería que Leonardo me viera llorar por algo tan tonto: ser hijo de mis papás.

Al día siguiente, busqué por toda la casa de mis abuelos hasta que encontré una libreta que estaba en buen estado, le arranqué las hojas que tenían tinta y me puse a escribir.

Mis sueños:
- Tener mi propio parque de diversiones.
- Crear una escuela divertida.
- Llevar a mis abuelos a la playa.
- Tener una casa pequeña con ventanas grandes.
- Viajar por el mundo.
- Besar a una francesa.
- Cumplir los sueños que mis papás no pudieron cumplir.

Mi papá me invita una nieve de limón con chamoy, su favorita. Dice que nunca pasamos tiempo juntos. Así que aquí estamos, paseando por un camellón con nuestras nieves en vasitos azules. Siento que es un buen momento para sacar de mi cabeza aquello que se agarra fuerte a mis sesos.

—Papá, ¿cuáles son tus sueños? —Me mira confundido, como si no esperara que le hiciera esa pregunta... o como si nunca nadie se lo hubiera preguntado antes.

—¿Mis sueños? Qué pregunta tan interesante... —Creo que su respuesta busca ganar un poco de tiempo y yo no tengo prisa, así que sigo caminando en silencio junto a él.

—Sabes, creo que uno de mis sueños es tener una *pick-up*.

—¿Una camioneta?

—Roja.

—Una camioneta roja.

—Con tu mamá a mi lado, tú en los asientos de atrás con tu hermano y un labrador en la cajuela.

—¿Podemos tener un perrito? —Me emociono al escuchar que en sus sueños existe un perro.

—En nuestros sueños, hijo. Ya conoces a tu mamá, no le encantan los perros.

Si mis papás compraran un perro quizá podría regresar a vivir con ellos, sería más lindo estar allá con una mascota. A mi abuela tampoco le gustan mucho los animales, la única excepción son las aves: los canarios, los cotorros, los gorriones. Todos sus pájaros están en la terraza porque es el lugar más cercano a su cuarto, en las mañanas se puede escuchar el revoloteo de todos sus «bebés», como le gusta llamarlos. Cuando el día es muy bonito y mi abuela amanece de buen humor, se pone a cantar con ellos canciones de Ana Gabriel. Quizá algún día pueda llevarla a un concierto suyo.

6

Con el tiempo aprendemos cosas nuevas y nos damos cuenta de que la vida no es tan fácil como pensábamos. Mi lista de sueños fue cambiando: agregaba sueños, eliminaba otros... Muy pocos se cumplieron. Lo único que se mantuvo en la lista fue: «Completar los sueños que mis padres no pudieron».

7

Es el cumpleaños de Leonardo, invitó a todos sus primos y a algunos amigos. Yo no sabía que tenía otros amigos... ¿En qué momento los ve? Siempre estamos juntos. Quizá yo también debería de tener más amigos, sólo que mis compañeros de la escuela son aburridísimos. Ya tengo suficiente de ellos en clase como para querer que sean mis amigos en el mundo real. Por lo menos doña Blanca sólo tiene ojos para mí... y su esposo, claro.

Todos salimos a la calle a jugar futbeis, no sé quién inventó este juego. Es como el beisbol, pero se golpea la pelota con el pie. Quizá se le ocurrió a alguien que no tenía un bate, creo que eso tiene sentido. Hicimos dos equipos: Leonardo, por ser el cumpleañero, será uno de los capitanes, el otro será su primo mayor; no tiene ninguna habilidad que sea superior a las nuestras, pero dice que él es el mayor y ¿quién soy yo para discutirle eso? Los capitanes elijen a su equipo, yo fui la primera persona que escogió Leonardo y eso me bastó para sentirme más importante que el resto de los que estaban ahí.

Improvisamos las bases: la primera era un poste de luz, la segunda una señal de alto, la tercera una camioneta y por último regresábamos a donde los jugadores debían de patear la pelota.

—Tiremos una moneda para ver quién patea primero, ¿va? —propuso Leonardo al grupo. Todos estuvieron de acuerdo. Nuestro equipo escogió águila, pero salió sol. Después de veinte minutos jugando era nuestro turno de correr por las bases.

—¿Quieres patear tú primero? —me pregunta Leonardo.

—Sí quiero.

—Dale.

Todos se colocan en sus posiciones, me arrojan la pelota y con la mejor de mis patadas la mando a volar; eso me da el tiempo suficiente para correr por todas las bases y marcar la primera carrera. Toco el poste de luz, la señal de alto y cuando estoy por llegar a la camioneta me resbalo con un pedazo de cartón tirado en el piso. Termino por darle una embestida a la camioneta y me caigo hacia atrás. Unos cuantos corren a mí para ver cómo estoy. Puedo ver la cara pálida de Leonardo al verme tirado, probablemente piensa que me rompí algo de nuevo. Me siento bien, sólo tengo un ligero ardor en las manos por amortiguar mi caída. Intento convencerlos de que sigamos jugando, pero Leonardo quiere que todos regresemos a su casa a comer pastel… No hay mejor forma de convencer a alguien de hacer algo que con comida.

Al regresar a su casa, su mamá saca el pastel del refrigerador, le pone una vela al centro y la enciende. Todos rodeamos el pastel, ansiosos por comer un poco.

—Pide un deseo —dice doña Blanca en voz baja. Leonardo cierra los ojos durante unos segundos y al abrirlos me mira rápido y sonríe... Suelta algo más parecido a un suspiro que a un soplo.

La fiesta sigue, nos entretenemos con juegos de mesa durante unas horas, tronamos cuetes y también nos declaramos la guerra y peleamos con huevos que el señor de la tienda nos vendió a un peso. Me siento feliz porque no me reventaron ninguno en el cuerpo. Odio el olor a huevo, me hace vomitar. Doña Blanca baña con la manguera en la calle a todos los que llegan manchados, después les da una toalla para compartir y una taza de chocolate calentito. A mí también me da chocolate aun cuando no estaba mojado.

Cuando todos los invitados se van de la casa, Leonardo y yo acomodamos una escalera para subir al techo y seguir tomando chocolate sentados en la azotea.

—¿Me vas a contar el deseo que pediste?

—No.

—¿No?

—¡Que no! Si te confieso lo que pedí, la vida me castigará y al final no se cumplirán mis deseos.

—Ándale, cuéntame.

—Eres terco.

—Un poquito, sí.

—Pedí que por lo menos uno de nuestros sueños se cumpla.

—¿Nuestros sueños? Pero era tu deseo...

—Y como es mi deseo, yo decidí compartirlo contigo. No me molestes.

Caigo en cuenta de lo mucho que hemos hablado sobre lo que queremos lograr... Pero ¿y el camino? Nunca he pensado en qué tendremos que hacer para llegar a la meta. Cuando mi tío se prepara para correr un maratón entrena durante varias semanas, despierta temprano, corre muchísimo y come muy sano. Yo lo he acompañado a un par, lo he visto llegar a la meta casi al punto del desmayo. Siempre al terminar se tira sobre el césped durante unos minutos: sonríe, llora y dice que ya no puede moverse, pero al final siempre vuelve a correr.

¿De qué forma se entrena para ser un cumplidor de sueños profesional?

8

Ojalá la vida nos hubiera dado mayor tiempo para ser niños, yo sólo quería seguir soñando.

9

Esta mañana despierto con la noticia de que tenemos que irnos de la ciudad.

Despidieron a mi papá de su trabajo porque la compañía estaba entrando en una crisis financiera. Por suerte, consiguió un nuevo puesto en una empresa que acababa de abrir oficinas en Puebla. Ganaría el mismo sueldo, pero al parecer vivir en Puebla no es tan caro como vivir en Monterrey. Me suelto a llorar, no quiero abandonar mi vida sólo por seguir a mis papás. Dicen que vivir con los abuelos no es una opción, no se irían tan lejos sin mí.

—Eres nuestra responsabilidad, hijo. Tienes que venir con nosotros.

Corro al pequeño patio de la casa y sigo llorando bajo el árbol de naranjas. Cuando se caen del árbol por el golpeteo de mi espalda contra el tronco, las tomo y me las bebo para así tener más lágrimas para llorar.

Tengo miedo de alejarme de casa, de lo que conozco, de Leonardo. ¿Cómo se supone que cumpliré mis sueños si no tengo aliados? No se puede ganar una guerra sin armas y las naranjas no son ningún arma.

¿Ya no veré a mis abuelos? Una semana más. Una semana y ya. ¿Cuánto se puede hacer en una semana? Ojalá una semana sea suficiente para decirles a mis abuelos todas las palabras de amor que no les diré hasta que nos volvamos a encontrar.

Mi papá dice que las despedidas no existen, que al final siempre todos nos volvemos a encontrar. ¿Y si no es así? Tengo miedo. Mucho. Puebla está muy lejos de aquí, trece horas en carro, ¿y si quiero regresar? Yo no tengo carro.

—Mis bisabuelos eran de Puebla. —Es lo único que me dice Leonardo cuando le cuento que me iré de Monterrey.

Me pide, aunque más bien parece una orden, que me suba a la parte trasera de su bicicleta para alejarnos de su casa; normalmente cada uno va en su propia bicicleta, pero cuando me fracturé el brazo mis papás decidieron venderla, dijeron que sólo cuando pudiera andar de nuevo en ella me comprarían otra, pero aún no lo han hecho y no quiero insistir, a fin de cuentas siempre me ha gustado caminar y no solemos alejarnos mucho de casa.

Pasaron diez minutos hasta que llegamos a un terreno baldío que se encuentra atrás de una escuela. El lugar se parece a cualquier otro pedazo de tierra, sólo que aquí el terreno está adornado por enormes girasoles, tan altos que si camináramos entre ellos no seríamos visibles para los que pasan por ahí. Cuando me bajo de la bicicleta, miro el hilo de sangre que corre por la parte interna de mi pierna izquierda. El roce de la llanta que hace unos segundos estaba entre mis piernas me hizo sangrar. Siempre que monto la parte trasera de la bicicleta termino raspado, pero jamás me había sacado sangre. Mi abuela dice que es porque tengo piernas de futbolista, tan grandes que es imposible no rasparme con la llanta. No encuentro nada con qué secarme la sangre así que decido ignorarla, ya me limpiaré al llegar a casa.

Leonardo se abre paso entre las flores. Suelta un «acompáñame» y eso hago aun cuando le tengo miedo a los animales que se pueden esconder por aquí. Avanzo detrás de él, convencido de que en su camino asustará a cualquier criatura y que yo estaré a salvo. Entre más caminamos, el panorama se despeja más, al fondo se distingue un banco largo de madera apoyado contra un muro de concreto. Nos sentamos uno al lado del otro. Él saca unas cartas de su bolsillo y empezamos a jugar póquer.

—¿Por qué no sabía que existía este lugar?

—Porque hasta ayer yo tampoco lo conocía.

—Nunca antes había visto girasoles así.

—Y en la noche también hay luciérnagas.

Me gusta jugar cartas y él lo sabe. Cuando corremos no soy el más rápido, cuando jugamos a la guerra con los niños de la colonia de al lado termino golpeado, si subo por escaleras de caracol me caigo y me hago pedacitos. Al jugar a las cartas, aunque sólo sea un instante, soy el campeón. Desde que era más pequeño acompañaba a mi abuelo a sus reuniones y lo observaba jugar con sus amigos, ellos me enseñaron todo lo que sé.

—¿Qué te pasó? —dice señalando mi pierna. Le explico que la rueda de la bicicleta rozaba, rozaba, rozaba y rozaba mis piernas. Con un solo roce no habría pasado nada, quizá con dos o tres tampoco... pero fueron tantos que al final sí me hicieron daño.

—¿Quieres regresar para que curemos tu herida?

—Ya sanará sola, sigamos jugando.

Y jugamos mucho tiempo. El sol empieza a esconderse y no hay alumbrado público que nos proteja de la oscuridad. Comienzo a tener miedo, no sé en qué lugar estamos. ¿Y si es peligroso?

—Mira lo que traje. —Saca una cajetilla de cigarros casi vacía.

—¿De dónde los sacaste?

—Mi hermana los tenía escondidos entre sus condones, ¿quieres uno?

—Yo nunca he fumado.

—Tampoco yo.

Después de varios intentos logramos encenderlos. Tosemos y tosemos, pero darnos por vencidos no está en nuestros planes: terminaríamos de fumarnos esa cajetilla.

Cuando el sol ha desaparecido por completo sólo distingo la silueta de Leonardo iluminada por las luces lejanas, también veo los dos puntos rojos del cigarro que se ponen todavía más rojos cuando los aspiramos.

Por un momento me siento como un adulto, pero al ver los destellos verdes vuelvo a ser un niño. Hay pocas luciérnagas, no más de cinco destellos simultáneos y aun así se siente como magia. Quiero correr alrededor de los girasoles y de las luciérnagas, pero creo que tengo que quedarme aquí sentado. Atravesarme sería como darle una pincelada negra a una pintura colorida que ya es hermosa. Luego de un rato, noto cómo estaba aguantando la respiración para no asustar a los insectos. Él es quien hace el primer movimiento, se pone de pie mientras saca una pequeña navaja de su bolsillo trasero. Camina al girasol más cercano y lo corta por el tallo.

—Ten, para que te lo lleves a Puebla, quizá allá no encuentres girasoles.

—¿Cuánto tiempo crees que pase hasta que se marchite?

—Lo suficiente para que llegue a tu nueva casa.

—¿Crees que ya no volveremos a vernos?

—No lo sé... Pero si no nos volvemos a ver, por lo menos podremos escribirnos, ¿no?

—Eso sí.

10

Si cerraba los ojos, a mi mente venía el aroma a girasol, pero al abrirlos veía y sentía el polvo que se había levantado después del caótico encuentro. No quería abrir los ojos, tampoco quería cerrarlos, ¿qué podía hacer?

SO

ERA LO QUE MEJOR

ÑAR

SABÍAMOS HACER

11

02/08/2004

¡Hola, Leonardo! Perdón por no haber escrito antes. No hay ningún cíber cerca de mi casa y no tenía cómo conectarme, por suerte hice un nuevo amigo... En realidad no somos amigos, porque tiene siete años más que yo, pero me dejará usar su computadora una hora al día. Me cae muy bien.

Creo que mis papás también están un poco tristes por estar lejos de casa, no recuerdo la última vez que los vi sonreír y aunque mi papá ya está trabajando, aún escucho que discuten por dinero. ¡Ah! El girasol ya está más que muerto, puse uno de sus pétalos en un álbum de fotos que encontré. Mi mamá dice que ahí estará a salvo y podré regresar a él cuando quiera... ¿Crees que debería buscar girasoles silvestres?

03/08/2004

Creo que sí tienes un nuevo amigo, pero no quieres decirme para que no me ponga celoso. Todos necesitamos amigos, no importa que sean siete años mayores que nosotros, quizá hasta te puede enseñar algunos trucos para ligar y así ya no estarás tan solo allá. Ya estás acostumbrado a escuchar a tus papás discutir, ¿verdad? Cuando seamos ricos ya no se tendrán que preocupar.

Es muy triste que el girasol haya muerto, pero ya sabíamos que eso pasaría. Yo voto por que salgas ahora mismo a buscar girasoles. Mi mamá vio que te estaba escribiendo, dice que a ella le busques unas margaritas, son sus flores favoritas.

03/08/2004

A lo mejor sí es mi amigo. Lo acabo de conocer, no estoy seguro. ¿Cuánto tiempo tiene que pasar para que alguien se convierta en tu amigo? De lo que sí estoy seguro es de que no podrá ayudarme a ligar con niñas, un día me contó que no le gustan, pero me pidió que guardara el secreto. Supongo que a ti sí te lo puedo contar porque eres mi mejor amigo y no lo conoces. ¿Te acuerdas de que hace dos años a nosotros tampoco nos gustaban las niñas? Me parece raro que a él aún no le gusten, pero supongo que ya le llegará el día.

Aunque mis papás siempre discutan, creo que nunca me acostumbraré a eso. Ya quiero que seamos ricos.

Uno de estos días saldré a buscar girasoles y margaritas. ¿Le puedes decir a tu mamá que extraño su comida? Le daré todas las margaritas que encuentre a cambio de uno de sus caldos de res.

05/08/2004

Beto, no creo que algún día le lleguen a gustar las niñas... Así no es como funciona, jajaja. Luego hablaremos de eso, si quieres...

Mi mamá dice que acepta el trato, pero que no necesita muchas margaritas, que con una que le traigas le basta... Aunque debo ser honesto contigo, el señor internet dice que las margaritas florecen hasta junio, quizá sea un poco complicado conseguirlas en este momento, pero no te preocupes, creo que mi mamá igual aceptará prepararte un caldo de res cuando nos visites. Espero que no sea pronto porque ahorita estamos a 38 grados, si tuviera que comer caldo quizá le pondría unos cubos de hielo antes y no creo que el sabor sea el mejor.

15/08/2004

Otra vez tardé mucho en escribirte, pero ahora fue porque no planeaba hacerlo hasta que hubiera tenido una misión exitosa.

Hay dos cosas que tengo que contarte:

1. Encontré girasoles y margaritas.
2. Los encontré en una florería.

¡No me juzgues! Si vieras esa florería seguro te enamorarías. Imagínatela: está frente a una gran avenida que tiene un camellón lleno de árboles, si caminas por la banqueta te bastarían ocho pasos para atravesarla. Tiene unas ventanas grandes desde donde se ven muchas flores; las más llamativas están ahí. Las que son blancas —como las margaritas de tu mamá— están dentro del local. Ahí todo huele tan bonito, adentro también venden café, ¿te lo imaginas? ¿Puedes oler las flores y el café? ¿Verdad que es bonito?

Fernando ya me explicó cómo funcionan las cosas, me pareció extrañísimo, ¿por qué nunca antes había conocido a alguien así? A mí no me molesta que a Fernando no le gusten las niñas, pero dice que sus papás se morirían si se enteran. Eso me parece aún más extraño. Que mundo más raro, ¿no?

Me gustaría que pudieras ver la florería. Creo que es el lugar perfecto para leer un libro, aunque ninguno de nosotros lee, ¿deberíamos hacerlo?

12

Los correos siguieron durante algún tiempo, pero cada vez tardamos más en contestar, no es que no queramos seguir hablando, sólo que nuestras vidas empezaron a exigirnos un poco más. Han llegado nuevas personas a nuestro camino, cada año escolar se complica más. Las aventuras que viví con Leonardo ahora parecen tan lejanas. La mayoría de los sueños que compartía con él se esfumaron. No los recuerdo. Sé que queríamos vivir juntos en un terreno grande con un par de casas pequeñas, también me acuerdo del parque de diversiones... Todo lo demás se ve difuso. Me ataca la nostalgia. En esa época todos los sueños parecían sencillos, las nuevas metas son ahora más lejanas. Estoy lejos del lugar al que quiero llegar.

Ahora tengo dieciséis años, hace poco conocí a una chica, se llama Margarita. Me acordé de doña Blanca, esa fue la última vez que intenté escribirles... pero el mensaje regresó a mi bandeja. La cuenta de correo que usaba Leonardo ya no existe.

13

Regresé a Monterrey para estudiar tecnologías computacionales. Me ofrecieron una beca completa en una de las mejores universidades, por fin pude ver cómo las puertas se abrían frente a mí. Este podría ser el primer paso para tachar unos cuantos sueños de la lista.

Cuando regresé, intenté buscar a Leonardo en su casa, pero ya no vivían ahí; en su lugar se encontraba una nueva familia. Lo busqué en Facebook pero tampoco lo encontré, ¿cómo puede desaparecer alguien así? Empezaba a molestarme. Sé que teníamos tiempo sin hablar, pero hubiera agradecido un último mensaje avisando que desaparecería de mi mundo.

Mi mano acaricia la pulsera que sigue en mi muñeca desde aquella tarde en el drenaje. Los días pasan y la vida se vuelve a poner en mi camino, no hay tiempo para la nostalgia. La nostalgia y los sueños no se llevan muy bien, una pertenece al pasado y los otros al futuro. Me urge abandonar la pulsera en algún rincón de mi casa para que ahí también se queden los recuerdos... Pero sigo teniendo miedo.

14

Miedo. Temblaba de miedo y arrepentimiento. El terror del momento me asfixiaba. La pulsera tan desgastada había cedido a la brusquedad de mis movimientos, ahora se encontraba entre su piel y la mía. Su cuerpo había cambiado tanto con el tiempo, pero su rostro era tan parecido al que había abandonado hace algunos años. Quisiera que abriera los ojos, ¿seguirán siendo los mismos?

15

Mi primer contacto con la marihuana fue durante el primer semestre. Todos la fumaban de vez en cuando y yo no le di gran importancia. También la fumé. Mi universidad tiene grandes maestros, instalaciones premiadas en grandes concursos de arquitectura y un plan de estudios envidiable. Pero lo mejor de estudiar ahí es la exclusividad. Pocos pueden costear una universidad como la mía. Los alumnos suelen ser hijos de empresarios importantes, personas que jamás se han tenido que preocupar por el dinero. Tuve que codearme con ellos para tener la certeza de que yo tampoco volvería a sufrir ninguna escasez... Por eso cuando me ofrecieron pasar de la marihuana a la cocaína acepté. A esa droga sí que le tenía miedo, había escuchado lo que la adicción al polvo podía llegar a hacer. Dije que no algunas veces y esto sólo conseguía aislarme del grupo de personas a las que necesitaba llegar. Si vamos a culpar a alguien que sea a Disney, ellos me enseñaron que a veces se requiere de polvos mágicos para cumplir tus sueños.

Con la droga llegó el trabajo. Vendía cantidades pequeñas de hierba a personas de confianza, no podía arriesgar mi carrera, tenía que mover mis piezas con cuidado. Con el dinero que llegaba empecé a vislumbrar la vida que podría tener. En unas de mis vacaciones de verano me llevé a mi hermano, mis papás y abuelos a una de las playas más cercanas a la ciudad. Se les veía felices y sólo de mí dependía que siguieran sonriendo.

Sigo conociendo personas que pueden llevarme por el camino pavimentado, todo parece tan sencillo, pero yo sé que no siempre será así. Algún día tendré que saldar cuentas, es por eso que mi plan es juntar todo el dinero posible mientras sigo en la universidad. Cuando me gradúe podré invertir lo que he ahorrado y de esta forma ya no dependeré de nadie más. Seguiré con el mismo objetivo y dejaré todos esos vicios atrás. La sonrisa de mi gente no se podrá borrar.

Por mi vida también se han cruzado otras drogas, las he visto ir y venir, pero jamás las he probado. Creo que conozco mis límites y no estoy dispuesto a cruzar esa línea. Después me presentaron a Felipe, él se encontraba unos escalones más arriba, no era sólo un *dealer,* tenía personas a su mando. Aunque era una organización pequeña, se abría camino en el caos de la ciudad. Me ofreció un trabajo en el que me pagan más de lo que cualquier empresa me daría después de graduarme. No necesito armas ni vendo droga, mi única herramienta de trabajo es una computadora en una casa de seguridad, ¿qué tan malo podía ser eso?

Sobra decir que acepté.

16

*Aceptar. Decir sí. Preguntar buscando una respuesta afir-
mativa. Todas esas opciones y sus derivados han terminado
por joderme. Joderme el cuerpo, joderme la mente, joderme
el corazón. Nunca decir un «no» me ha traído problemas.
El miedo, la única constante en mi vida, me ha obligado a
buscar siempre el «sí», no vaya a ser que me pierda de una
oportunidad, de una experiencia, de unos labios.*

¿Dar una vuelta o aceptar la condena?

17

Trabajo cuatro horas al día, es dinero fácil. No hago más que investigar a personas, en su mayoría a periodistas. Leo todos los periódicos, reviso algunas cuentas de Twitter y Facebook. Uno pensaría que trabajar con narcotraficantes sería más emocionante, pero la mayoría del tiempo no es así. De vez en cuando me toca recibir a personas que entran directo a la cochera cerrada. Llegan armados y a veces con algunas heridas. Aunque siempre he sido muy miedoso, la sangre nunca me ha hecho sentir nada. Creo que incluso me gusta un poco, quizá es el color.

Las armas sí me asustaban al principio, pero como están por todos lados, ya me acostumbré; incluso hay una pistola en mi escritorio, no sé qué clase de pistola es, pero me enseñaron a usarla una vez «por si las dudas». No la he usado en los cuatro meses que llevo aquí y espero jamás tener que usarla. Por mi cerebro han pasado docenas de escenarios en los que podría llegar a necesitar el arma pero, de nuevo, trabajar aquí llega a ser un poco aburrido.

Tal vez podría disfrutar más del trabajo si me diera el lujo de gastar un poco del dinero que me pagan, pero no puedo dejar mi objetivo de lado. Sé que si gasto mil pesos hoy, mañana querré gastar dos mil. Entre más se tiene, más se gasta, por eso yo sigo engañándome, vivo como si no tuviera más que para comer y vestir. El poco dinero que sí sale de mis cuentas va directito a mis papás. Ellos aún viven en Puebla, pero con el dinero que les doy han podido viajar a Monterrey unas cuantas veces, sé que necesitan tocar su tierra y ver a su gente más de lo que se pueden permitir.

La última vez que vinieron me preguntaron por Leonardo. Les conté lo que sabía, que en realidad era nada. Sigo sin saber nada de él ni de su familia. No dejo de pensar en ellos, siempre que voy a casa de mis abuelos paso por donde vivían, es imposible olvidarlos cuando hay un lugar que me hace recordarlos. Los lugares duran más que la gente.

Mi madre me contó que conocía a alguien que, a su vez conocía a doña Blanca, intentaría buscar una dirección o un número de teléfono para que yo la contactara, si eso era lo que quería hacer. Me emocioné mucho. Mil recuerdos vinieron a mí y era como si cada uno de ellos me rejuveneciera un poco hasta volver a ser el niño que ya no soy y al cual extraño a mares. A veces pienso que aunque extraño a Leonardo, me extraño más a mí. Me siento egoísta y me odio un poco por pensar eso.

18

—¿Doña Blanca? —Me siento nervioso al hablarle por teléfono después de tanto tiempo.

—¿Quién habla?

—Soy yo, Beto... Betito.

—¡Ay, mijo! ¿Cómo que eres tú? Pensé que ya nos habías olvidado.

—No, no, como cree. Los tengo que regañar, desaparecieron de todos lados. Creí que ya no podría encontrarlos.

—Es una larga historia, ¿por qué no vienes el fin de semana por un caldito de res? Todavía te lo debo. Le diré a mi hijo que venga y así platicamos todos. Te voy a pasar mi dirección, ¿tienes donde anotar?

* * *

Acordamos reunirnos el sábado, faltan dos días para que nos volvamos a ver. Recuerdo que entre mis cosas está el álbum de fotos en el que hace tiempo guardé el pétalo

del girasol que Leonardo me obsequió como recuerdo. Lo busco en una de las maletas que nunca volví a
abrir desde mi regreso a Monterrey. El pétalo parece
congelado en el tiempo. Intento sacarlo de entre las
hojas plásticas sin hacerle daño pero es inútil, el pétalo
se fragmenta.

19

El día me parece eterno y sólo llevo un par de horas en la universidad. Pensar en el encuentro de mañana me pone nervioso. A veces, cuando dos personas se separan y se vuelven a ver después de algún tiempo, parece como si nunca se hubieran separado, ¿será así con nosotros? De mi vida no hay mucho que pueda contarles, en Puebla no pasó casi nada: tuve un brevísimo noviazgo, no tenía muchos amigos, estudiaba como loco para poder conseguir una beca para la preparatoria y después para la universidad. Tendré que decirles que ahora estudio y al mismo tiempo trabajo en seguridad cibernética de una compañía financiera, eso es lo que les digo a todas las personas que conozco. Trabajar rodeado de drogas, armas y gente de moral cuestionable no me deja bien parado frente a los demás.

Las clases se alargaron más de lo acostumbrado, así que tengo que correr las cinco calles que separan mi universidad de la casa de seguridad para no llegar tarde. Por suerte no hay nadie. No se darán cuenta del pequeño retraso. Odio ser impuntual, pero no puedo salir del aula hasta que el maestro nos lo indique.

Cuando trabajo no tengo permitido escuchar música, necesito estar atento a cualquier ruido o movimiento. Pocas son las veces en las que soy el único en la casa, así que me pongo los audífonos y empiezo a escuchar una *playlist* creada por un algoritmo que analiza lo que suelo escuchar desde mi cuenta. El modo aleatorio decide que la primera canción que debo escuchar este día es una que habla sobre una carta abandonada por un paracaidista que le escribe a su madre desde la guerra.

Me meto tanto en la historia que no me doy cuenta de lo que está pasando. Rápido y caótico. La primera señal de alerta es una pequeña vibración que llega a mis pies pero decido ignorarla, no reparo en que en el primer piso se atrincheran algunos de mis compañeros que llegan sin aire de su última misión. Hay gritos, pero tampoco me alertan, son muy ligeros, la construcción de esta casa es tan sólida que la mayoría de los ruidos no logran atravesar puertas y muros.

De pronto llegan los primeros disparos. Salgo de mi ensimismamiento. Tengo miedo, tomo la pequeña pistola del cajón. Necesito huir. Escucho una voz que me grita, el sonido parece atrapado, como cuando pones tu oído contra un caracol. No reconozco esa voz. Quiero girar para ver lo que pasa a mi alrededor. Siento un ardor, una bala me golpeó el brazo. No es dolor lo que siento, sólo miedo. Me doy la vuelta y lanzo cuatro disparos sin fijar un objetivo. Hay un poco de sangre y un cuerpo se tambalea unos pasos hacia atrás hasta que cae por el balcón en construcción que da al patio trasero de la casa. El temblor que azota mi cuerpo inicia en la mano con la que sujeto el arma y se esparce por todos lados, incluso puedo sentir mi cabeza temblar.

Tengo que huir, no puedo quedarme un minuto más en esta casa. Pueden matarme... Puedo terminar en la cárcel. Mis sueños no nacieron para vivir encerrados. Algo me clava los pies en el suelo, alguien acaba de ser asesinado. Ahora soy un asesino y ya no hay vuelta atrás, ¿en quién me he convertido? Necesito ver a ese hombre, con un poco de suerte quizá siga con vida. Tengo que caminar hacia el balcón.

20

Cuando por fin me asomo por el balcón veo su rostro iluminado.

—¿Qué haces aquí, Leonardo?

Me tiemblan las piernas, los labios y los recuerdos. Después de tanto tiempo, ¿por qué tenemos que encontrarnos de nuevo?

Suelto un alarido.

—¿Qué haces aquí, Leonardo?

Necesito salir de esta trinchera: corro por las escaleras, tengo que ver a Leonardo de cerca. En el camino me encuentro con algunos cuerpos ensangrentados entre el desorden causado por la batalla que ahí se ha librado. A algunos de ellos los conozco, pero no puedo detenerme, tengo que ir con él.

Me detengo en el portal que da al patio, ahí está, inmóvil... y yo temblando de miedo y arrepentimiento. El terror del momento me asfixia. Lo tomo entre mis brazos, manchando también mi cuerpo con su sangre. No respira. Ni él, ni yo. Lo agito con la esperanza de que despierte, aún tenemos muchos sueños por cumplir.

La pulsera que me regaló, ahora tan desgastada por el paso del tiempo, cede ante la brusquedad de mis movimientos. Nunca dejaré de tener miedo, pero juré que su regalo sólo sería un préstamo. Guardo la pulsera en el bolsillo de su pantalón.

No tengo mucho tiempo pero no quiero abandonarlo, no puedo dejar de mirarlo. Su cuerpo ha cambiado tanto con el tiempo, pero su rostro es tan parecido al que dejé atrás hace algunos años. Quiero que abra los ojos, ¿seguirán siendo los mismos?

21

Mi pecho y mis piernas arden, ha pasado más de una hora desde que empecé a correr, al inicio lo hice sin rumbo. Corrí porque era lo único que podía hacer. Después me di cuenta de lo cerca que estaba la casa de mis abuelos y me dirigí a esa zona. Y por fin llego, a aquel terreno baldío lleno de girasoles... Pero ya no hay flores. El terreno está limpio, la hierba ha sido podada, sólo hay un par de árboles y unas cuantas bancas vacías. Todo mi cuerpo se rinde, primero ceden las piernas y caigo de rodillas, después mi estómago se revuelve por la carrera, la sangre y la pérdida. Siento náuseas pero no consigo vomitar. Después, la lluvia, las lágrimas. Me ahogo, no puedo respirar, es tanta la lluvia... no puedo drenarla.

¿Dónde están las flores? ¿Y las luciérnagas? ¿Quién carajos construyó un puto parque sobre mis recuerdos? Siento que me voy a morir, sigo llorando. Iba a ir a visitarlo mañana, hablaríamos de nuestras vidas, le diría lo mucho que lo extrañé durante todos esos años. Teníamos tantos sueños por cumplir, pero la gente muerta no tiene sueños y, ahora mismo, yo tampoco me siento con vida.

22

Esta es mi última noche en la ciudad, tuve que organizar mi viaje durante algunos días. No se me permite regresar a mi antigua vida, por lo menos durante un tiempo. Antes de irme tengo una misión que completar, entregar una carta. No puedo dejar la ciudad sin antes escribirle a doña Blanca sobre Leonardo, contarle de qué forma amé a su hijo. Decirle que siento su dolor, aun cuando no es mío. No tengo ni la cara ni el valor para mirarla a los ojos y confesarle lo que hice. Lo que nos hice. Tampoco tengo el coraje para admitirlo por escrito, ¿cómo se sentirá al saber que yo también la he matado?

Su nueva casa es más grande que la antigua, no me atrevo a entregar la carta personalmente, así que la echo al pequeño buzón amarillo que está atornillado a la pared. Tengo la sensación de estar haciendo algo prohibido. Camino hacia mi carro, lo dejé a un par de calles atrás para no alertar a nadie sobre mi presencia. Una vez en la esquina volteo para ver por última vez la casa en la que Leonardo vivió, pero lo que llama mi atención es la señora rechoncha con cabello rojo que toma mi carta entre sus manos. Doña Blanca me está mirando, siento su cariño desde lejos. Su cariño y mi remordimiento no se mezclan con armonía. Huyo una vez más.

¿DÓNDE ESTÁN LAS FLORES?
¿Y LAS LUCIÉRNAGAS?

¿QUIÉN CARAJOS CONSTRUYÓ UN PUTO PARQUE SOBRE MIS RECUERDOS?

Esperanza

1

Casa de retiro es el nombre elegante que le dan a este asilo. La vida de retirado que imaginaba cuando era joven es muy diferente a la que tengo. Al inicio estar aquí me mataba anímicamente y la muerte emocional no es diferente a la física.

Solía despertarme temprano todos los días porque me sobraba energía. En cuanto a la mayoría de los ancianos, casi siempre la mitad parecía estar ida y el resto sólo hacía actividades aburridas, como ver documentales de animales todo el día, tejer, leer la Biblia por centésima vez y muchos otros sólo salían al jardín para tomar el aire. Era difícil vivir en un lugar donde sólo se sobrevive, donde las personas estaban muy cansadas como para disfrutar el tiempo que les quedaba.

Soy uno de los más jóvenes en este albergue. Podría vivir en mi vieja casa o gastarme el dinero que gané mientras aún trabajaba en viajar, pero mis hijos no estuvieron de acuerdo cuando se lo pedí. Ahora que lo pienso, en realidad nunca pedí sus opiniones. Ya no estoy para peleas, ellos no tienen tiempo para mí y yo no tengo ganas de molestar, así que aquí estoy: Casa de Retiro Nueva Vida... Hasta el nombre parece pura ironía.

Cuando llegué todo pintaba bien, conocí a un par de amigos que seguían siendo interesantes y hasta divertidos. El problema es que todos aquí ya superamos o estamos por superar la edad marcada como «esperanza de vida», las amistades para toda la vida que se hacen en este lugar pueden llegar a durar sólo un mes. Es triste *pa'* uno que se queda aquí sin los suyos, pero hay cierta magia en la despedida. He disfrutado toda mi vida y ver a estos viejos tomar aire también es bello. No es divertido, pero es lindo. Si me quejo es porque puedo quejarme y cuando se tiene todo este tiempo libre la queja se practica como cualquier otro hobby; bueno, aunque ahora eso ha cambiado, tengo que aceptarlo. Hace unos ayeres mi pasatiempo favorito era bailar, mi cuerpo sigue siendo fuerte, pero ya no aguanta la velocidad de ciertos bailes. También me gustaba mucho cocinar, aunque aquí todo lo prepara el chef más insípido de la ciudad. Estar viejo en este lugar significa tener que acostumbrarse a la dieta de los hipertensos y los diabéticos, eso nunca cambiará; por suerte no hay ningún vegano o también agarrarían parejo y pura verdura para todos. Qué no daría por prepararme un buen pozole y unos chiles rellenos. O volver a comer unas flautas con esa persona que me cambió la vida.

2

Mi mujer me dejó nueve años atrás. Sigue con vida pero *sinmigo*. El amor se acabó desde antes, pero cariño siempre hubo. Ella quería irse a Marsella a pasar sus últimos días y yo, entre que odio a los franceses y amo a mi México hasta la muerte... pues la decisión no fue difícil. Gloria fue la única mujer que he llegado a amar, antes de ella no hubo nadie y pensé que en el futuro tampoco la habría, pero un día llegó Esperanza a moverme el mundo y los años. La vi llegar a Nueva Vida, vestida con colores brillantes y la cabeza en alto, con una sonrisa humilde y cálida. Tenía algo diferente al resto de las personas que vivían aquí, quizá se debía a que todavía no se contagiaba de la apatía y el desgano que reinaban en este lugar. Se le seguía viendo alegre.

Me pareció atractiva desde que llegó. Un día, paseando por la casa escuché música saliendo de una de las recámaras, así que decidí echar un ojo a lo que pasaba ahí dentro. Era ella, maquillándose mientras tarareaba la canción que sonaba. Brillaba. En ese momento pensé que quizá era la única mujer que se seguía maquillando en este lugar. Me fui antes de que pudiera ver que la espiaba y fui dejando suspiros por toda la casa.

* * *

Tardé una semana en reunir el valor para hablarle. No tenía miedo de entablar una conversación con ella, me aterraba descubrir que en realidad no estuviera tan viva como creía. Fue una mañana en el jardín, ella hacía algo parecido a una meditación, cuando la interrumpí.

—Desde que estoy aquí nunca había visto a alguien hacer otra cosa que no fuera ver la tele o tejer, ¿me puedo unir?

—Me fue fácil notar que no se divierten mucho por acá. Seguramente no beben mezcal ni bailan por las noches. Me sorprendería saber que uno de ustedes pueda aguantar sin dormir más allá de las nueve de la noche. Meditar tampoco es tan divertido, pero únete si quieres. ¿Lo has hecho antes?

—No, nunca he meditado.

—Es sencillo, siéntate aquí. —Dio palmadas al césped a un lado de ella—. Trata de poner la mente en blanco. Imagina que no hay nada ni nadie más aquí. Si no puedes eliminar todo de tu cabeza, intenta concentrarte en algo que te relaje, puede ser un árbol o un lago. Sé consciente de tu respiración. Inténtalo durante unos veinte minutos, yo estaré a tu lado.

Hice lo que me pidió, pero no podía concentrarme en algo que no fuera su perfume. Me parecía patético mi pensamiento de adolescente. Meditar con una mujer sólo para estar cerca de ella es quizá lo más romántico que he hecho por alguien que no sea Gloria. Cuando me indicó que los veinte minutos ya habían pasado fingí serenidad, como si en verdad hubiera despertado de un estado espiritual superior.

—¿Por qué no hacemos algo diferente? —preguntó.

—Diferente... ¿Cómo?

—Nos vemos al anochecer en la recepción. Ponte guapo.

3

¿Cómo le hace uno para ponerse guapo? Tenía mucho tiempo sin sentir la necesidad de verme bien. No sabía qué era lo que Esperanza tenía planeado, pero seguro tendríamos que salir de la casa de retiro. Por suerte aún no he perdido mi derecho a salir de la casa cuando lo deseo; la mayoría de los miembros tiene prohibido salir por indicaciones de sus familiares o por seguridad. Espero que ella también tenga ese beneficio o seguro me hará romper las reglas. Al final me vestí con una guayabera blanca y un pantalón café claro. Tomé mi libro de poemas favorito y leí hasta que dieron las ocho. Cuando bajé a la recepción ya me esperaba con su falda negra y sus labios rojos. No parecía tener la edad suficiente para vivir aquí, estar frente a ella me hacía sentir más viejo.

—A eso me refería cuando te pedí que te pusieras guapo. Ven, ya nos pidieron un taxi.

Me sonrojé al escuchar cómo me dijo que me veía guapo. Una vez en el taxi, Esperanza le pidió que nos llevara al centro, a un lugar llamado Mi Cuba. Nunca antes había escuchado de él, pero deseaba que fuera un bar en el que pudiera pedir un mojito, siempre ha sido mi bebida favorita. Cuando el taxi se detuvo creí que se había equivocado de ubicación. Estábamos en una calle poco iluminada por la que no caminaba ni un alma. Aun así, Esperanza bajó del coche y me pidió que hiciera lo mismo. Me tomó de la mano y la seguí hasta uno de los edificios con fachada negra. La puerta estaba abierta y ella entró como si muchas otras veces hubiera hecho lo mismo.

—Esta es como mi segunda casa —dijo cuando la cuestioné.

Y tenía razón, después de subir unas escaleras nos encontramos con un señor rechoncho que cuidaba la entrada. Lo saludó con un abrazo y lo llamó por su nombre, como si fuera un viejo amigo. Rogelio nos dejó pasar, aunque en una de las paredes estaba escrito que la entrada costaba ciento cincuenta pesos. Quizá la calle estaba vacía porque todas las personas de los alrededores estaban dentro. El lugar estaba a reventar, aunque no era nada pequeño y carecía de cualquier letrero que indicara su nombre o que era un bar.

—¿Bebes? —preguntó antes de arrastrarme a la barra.

—Menos de lo que me gustaría.

—¡Qué suerte tienes de haberme conocido! —Me guiñó el ojo—. ¿Qué quieres tomar?

—Un mojito.

Me sorprendía la seguridad con la que se movía, parecía la dueña del lugar. Le bastó con mirar al mesero para que se acercara.

—Pedro, un mojito para el señor y una cerveza para mí, por favor —pidió segura de sí misma—. Omar, ¿tú bailas?

—Cuando nadie me ve.

—Suerte que aquí estamos solos.

Tomamos nuestras bebidas lo más rápido que pudimos antes de ir al centro de la pista. Bailamos salsa. Ella de una manera espectacular y yo un poco más lento y desorientado. Realmente parecía que estábamos solos. Todos bailaban a nuestro alrededor sin percatarse de nuestra existencia, no nos rozaban ni por error. Las canciones cambiaban y Esperanza no perdía el ritmo. Tuve que pedirle que regresáramos a la barra por algo de tomar para poder recuperar el aliento.

—¡Qué bárbara! Bailas como si fueras profesional.

—Es porque soy profesional —rio—, o por lo menos lo era hace algunos años. En mis tiempos de oro llegué a ganar algunos premios nacionales de baile. Esta es mi pasión.

Todo cobró sentido. Por eso se movía tan bien sin cansarse y conservaba un cuerpo atlético; probablemente bailaba y se ejercitaba con frecuencia. Me sentía intimidado, mi cuerpo no se había ejercitado desde hacía más de tres décadas.

—Con razón todos aquí te conocen. Si bailar es tu pasión, un lugar de salsa debería ser tu segunda casa por excelencia.

—Claro, vengo a bailar aquí siempre que lo necesito. Es una de las ventajas que tiene ser la dueña.

—Mentiría si te digo que eso me sorprende.

—Bueno, en realidad ahora mi hermano mayor se encarga del lugar, pero yo lo fundé hace veinticinco años. Es el bebé que nunca tuve.

Quizá sin quererlo me reveló que nunca tuvo hijos. Me entró la duda de saber si alguna vez se había enamorado o había estado casada, pero no quise ser tan entrometido. Esperanza tenía la fortuna de haber encontrado su pasión y aún más porque la seguía alimentando. En mi vida tuve el placer de encontrarme con varias personas apasionadas y todas ellas tenían el mismo brillo. Si pudiera regresar el tiempo quizá me hubiera preocupado menos por el futuro y hubiera disfrutado del presente y sus regalos.

Traté de seguirle el ritmo en la pista de baile, pero frecuentemente tenía que tomar descansos. Me propuse ganar una mejor condición física para bailar toda la noche sin parar, como alguna vez lo llegué a hacer. Verla moverse por la pista sin que los años le pesaran, me motivaba e inspiraba. Esa sería la primera noche, en mucho tiempo, en la que dormiría sabiendo que ese día había valido la pena vivirlo. Sólo deseé que nos hubiéramos encontrado desde antes.

4

Cuando desperté me dolían la cabeza, la espalda y las piernas. Entonces recordé por qué no salía a bailar todos los fines de semana. A pesar de mis achaques salí a caminar por los alrededores para recuperar mi condición. Tenía que ponerme las pilas si quería estar al mismo nivel de Esperanza. Me sentía rejuvenecido y feliz. Daba los buenos días a quien se cruzara por mi camino. Mis hijos estarían sorprendidos por mi nueva visión de la vida. Me sorprende el impacto que los demás pueden tener en nuestras vidas. Hay personas que llegarán a sacarte de tu zona de confort, que te enseñarán cosas de ti que desconocías y que te ayudarán a mejorar; ojalá nos cruzáramos con ese tipo de personas más seguido. Lamento no ser una de ellas. Me gustaría serlo, pero no creo que sea algo que se pueda aprender. Esas personas tienen un brillo especial y lo han tenido siempre. A nosotros quizá sólo nos queda seguir ese resplandor.

—La comida de aquí apesta, ¿no es cierto? —me preguntó cuando me crucé con ella en el comedor—. ¿Qué aventura tendremos el día de hoy?

—Se me ocurre que podemos comer algo que en verdad tenga un poco de sabor. Hoy cocinamos nosotros, ¿qué te parece? —contesté.

—Me encanta esa idea.

Esa tarde salimos rumbo a mi departamento, que por suerte seguiré conservando hasta que alguien decida rentarlo. No teníamos los ingredientes ni la paciencia para preparar el pozole o los chiles rellenos, así que preparamos unas flautas dignas de cualquier chef mexicano. Al morderlas podíamos sentir la grasa caer al plato. Si alguien de la casa de retiro nos hubiera visto comer como lo hicimos, probablemente se desmayaría y nunca más nos habría dejado volver a salir. Ahí siempre se preocupan más por nuestra salud que nosotros mismos, pero sólo porque ese es el trabajo que eligieron. Si les pagaran por engordarnos quizá hasta lo harían gustosos.

—¿Por qué vives en Nueva Vida? No parece que lo necesites —me preguntó.

—Es la misma pregunta que me hago todos los días. Me siento saludable, pero mis hijos tienen miedo de que algo me pase estando solo. Hace dos navidades tuve un problema con mi memoria, olvidé durante algunas horas muchas de las cosas que me habían pasado en los últimos años. Recordaba a mis hijos, pero no a mis nietos. Sólo me pasó esa vez, mi familia se preocupa más de lo que debería. ¿Y qué hay de ti? Te ves incluso mejor que yo, ¿por qué decidiste vivir con nosotros?

—Es complicado. Una parte de mí se sentía aislada. Yo no tengo hijos ni nietos. La vida me quitó a mi mejor amiga. La soledad a estas alturas ya no es una elección... y no me gusta estar sola.

—Por suerte elegiste la casa de retiro más divertida de la ciudad.

—Tú sí eres divertido.

Se veía triste después de confesarme su soledad. Algo que me han dado los años es la prudencia, por más que quería tomarle la mano sabía que no era el momento adecuado. Le preparé un café de olla y serví pan dulce. El café y el pan también llenan los huequitos que hay en nosotros.

—Deberíamos hacer algo diferente todos los días —le propuse.

—Mañana es mi turno de idear un plan para disfrutar el día —respondió alegre.

—Espero que no sea bailar, necesito más tiempo para recuperarme —insistí, sintiendo el dolor del cuerpo.

5

Me extrañó no encontrarla en el comedor a la hora del desayuno. Quizá había desayunado más temprano o tal vez estaba muy cansada, ya que llegamos muy tarde.

—¿Has visto a Esperanza? —le pregunté a uno de los chicos que trabajan en el comedor.

—No, señor. No ha bajado a desayunar.

—Gracias, hijo.

Comí lo más rápido que pude para poder investigar por qué Esperanza no había bajado. Fui a la zona de las habitaciones y busqué el cuarto del que había salido la música días antes. Hoy también se escuchaba una canción, era «El triste» de José José. La melodía encajaba perfecto con lo que pude ver al asomarme por la puerta entreabierta. La pude ver sentada en la orilla de la cama. No lloraba, pero tenía los ojos rojos. Entre las manos tenía lo que parecía ser una fotografía, aunque no podía distinguirla del todo. De pronto se levantó y puso la foto sobre la mesita de noche. Caminó hacia la puerta, por lo que tuve que esconderme en el cuartito donde se guardan las escobas y trapeadores para no ser descubierto.

Estuve un par de minutos ahí dentro, deseando que Esperanza ya no se encontrara cerca. La puerta de su recámara no estaba completamente cerrada. Me debatía entre meterme y revisar la foto o ser un caballero y respetar su espacio. Me gustaría decir que cerré la puerta y seguí mi camino, pero no fue así. La fotografía se veía muy vieja; en ella había dos mujeres frente a la Puerta de Alcalá en Madrid. A una de ellas la reconocí, era Esperanza, la otra quizá era su mejor amiga, la mujer de la que me había hablado antes. Extrañar a tu mejor amiga merece derramar varias lágrimas. Con el tiempo, la muerte empieza a ser familiar, pero uno nunca olvida a la gente que amó.

Mi único problema con la muerte es mi religión, o la falta de ella. Para creer no basta con desearlo y yo de verdad lo deseo. Me gustaría creer en un Dios misericordioso que nos cuidará una vez que dejemos este plano, pero no puedo engañarme hasta no verlo. Muchas veces he envidiado a la gente que cree en la vida más allá de la muerte. Cuando pierden a alguien siguen teniendo la esperanza de un reencuentro, para ellos ninguna despedida es definitiva. El adiós no existe. Yo la paso mal cuando veo a mi gente irse, porque no creo que nos podamos volver a encontrar. Anhelo que ese «Dios» me demuestre que estoy equivocado.

Se suponía que Esperanza iba a planear alguna actividad para ese día. No sabía si los planes habían cambiado por su estado de ánimo, pero tampoco quise insistir. Me fui a mi habitación y tomé el libro de poemas. Es curioso cómo la vida acomoda las cosas de vez en cuando, el poema que me encontré al abrir las páginas fue uno de Jaime Sabines.

Cuando tengas ganas de morirte
esconde la cabeza bajo la almohada
y cuenta cuatro mil borregos.

Quédate dos días sin comer
y verás qué hermosa es la vida:
carne, frijoles, pan.

Quédate sin mujer: verás.
Cuando tengas ganas de morirte
no alborotes tanto: muérete y ya.

«Quédate dos días sin comer y verás qué hermosa es la vida». En mi tiempo sobre la tierra he tenido momentos trágicos y tristes. Yo también he tenido ganas de morir. Esos pensamientos me han pasado por la cabeza fugazmente, lo he llegado a pensar un día o una semana. Los recuerdos son los que me han mantenido con vida cuando ya no ha habido empeño. Recordar que en el pasado también he sido feliz me da la esperanza de un futuro con alegrías.

Hace tiempo conocí a un señor que antes de fumar les quitaba el filtro a sus cigarros; cuando lo cuestioné, me respondió: «Yo ya estoy viviendo tiempo extra, estoy muy viejo. Me quiero ir, pero soy muy cobarde para irme rápido». En su momento me escandalicé por su respuesta, me parecía deprimente y descarada. Con el tiempo entendí que no hace falta quitarle el filtro a un cigarro para morir lentamente. Muchos nos hemos estado matando de otras formas.

Ella se co

LA DESCARG

de mi v

nvirtió en

A ELÉCTRICA

ida

6

No sé en qué momento me quedé dormido, pero Esperanza me despertó moviendo mi hombro.

—¡Vámonos! Hoy tenemos un camino largo por delante —exclamó.

—¿A dónde iremos? —pregunté aún con los ojos cerrados.

—No arruines la sorpresa.

Esta vez no pedimos un taxi, iríamos un poco más lejos que de costumbre, por lo que Esperanza le pidió a su chofer que nos llevara. Tardé un poco en descubrir que nos dirigíamos al lago que está a las afueras de la ciudad. Ahí solía llevar a mis hijos a nadar o a practicar esquí acuático. No sé por qué nos dirigíamos hacia allá, sólo espero que no sea para hacer algunas de esas actividades acuáticas. Cuando llegamos fuimos directo a uno de los pequeños barcos que estaban en el muelle. El chofer que nos había traído hasta aquí sería quien manejaría el bote. Tardamos veinte minutos en llegar al centro del lago. Una vez ahí, nos detuvimos. Sacó una botella de vino tinto y dos copas de una canasta de pícnic.

—Este era uno de nuestros lugares favoritos. Rocío y yo veníamos por lo menos dos veces al mes. Hoy se cumple un año desde que murió, perdón por arrastrarte conmigo, pero no quería venir sola.

—No tienes por qué disculparte, agradezco que confíes en mí.

—Era el amor de mi vida, ¿sabes? El primero y único.

Aunque traté de ocultar mi sorpresa, me pareció que no lo había logrado. No imaginé que Esperanza se hubiera enamorado de una mujer. Quizá por eso jamás tuvo hijos. No voy a negar que me sentí un poco decepcionado, la noticia me cayó como un cubetazo de agua helada. Creí que entre nosotros podría pasar algo, pero entonces supe que eso no pasaría.

—No me digas que eres uno de esos patanes que tanto me han juzgado en el pasado —dijo al notar mi expresión.

—No, no. Lo siento, sólo que no me lo imaginaba.

—Es gracioso porque yo tampoco. La conocí cuando tenía cuarenta años, creí que jamás amaría a alguien. Toda ella era una sorpresa.

—Me hubiera encantado conocerla.

—Le hubieras caído bien... En realidad todo el mundo le caía bien, pero seguro ahorita mismo eres su favorito por acompañarme. Traigo sus cenizas conmigo, quiero esparcirlas aquí... pero tengo miedo.

—¿A qué le tienes miedo? —pregunté curioso.

—A perderla por completo —aceptó con nostalgia.

—Escucha cómo hablas de ella, nunca la perderás —insistí.

Me sonrió con lágrimas en los ojos. Era la sonrisa de una niña, una sonrisa honesta. Sacó una bolsa negra y se hincó al borde del barco, estaba preparada para arrojar las cenizas al lago.

—¡Espera! Antes de que lo hagas, brindemos. Por Rocío. —Levanté mi copa.

—Por Rocío y por ti, Omar.

Tomó las cenizas con su mano y puñado a puñado las fue entregando al agua. Lo hacía despacio, intentando quedarse con ellas el mayor tiempo posible. Tenía una sonrisa en el rostro, por fin había logrado despedirse de ella después de un año. Al terminar fue hacia mí y recargó su cabeza en mi hombro. Nos quedamos mirando cómo el sol se empezaba a esconder. Aquello no fue lo que esperaba al ir a ese lugar, pero me sentí satisfecho y feliz. Esperanza me regalaba vida y su amistad era más que suficiente.

7

El domingo desperté sin que el cuerpo me doliera, por fin me estaba recuperado de la noche de baile. Volví a caminar por los alrededores; en esa ocasión recorrí tres kilómetros, uno más que la primera vez. Ahora caminaba no sólo para seguirle el ritmo a Esperanza, sino para sentirme vivo. Había muchas personas ejercitándose, madres caminando con carriolas y jóvenes paseando a sus mascotas. La ciudad en domingo es diferente, se siente más alegre y relajada. Todos visten ropa cómoda, nadie corre con traje hacia el trabajo.

Ese día me tocó a mí organizar la salida que tendría con Esperanza. Decidí que quería seguir con la actitud de domingo y reservé un par de tratamientos en un spa que había visto de camino al parque. Bastaba con cruzar la puerta del lugar para que te sintieras relajado. La recepción tenía un olor a lavanda y a café. Nos llevaron a unos rectángulos de madera que parecían tinas llenas de lodo, ahí tendríamos que sumergir nuestros cuerpos durante algunos minutos.

—Nunca había venido a un spa —le confesé.

—Se siente bien, ¿no? Me pregunto por qué los demás no suelen salir de la casa, ¿se divertirán ahí dentro?

—Quizá sí, no todos buscamos lo mismo. Para ellos la diversión puede estar en un juego de damas chinas o en ver la televisión... Y supongo que eso también está bien.

—No lo sé, yo creo que no saben que se pueden divertir de otra forma. Seguro piensan que están demasiado viejos para seguir viviendo —insistió.

—¿Por qué no cambiamos eso? —sugerí.

—¿Qué tienes en mente?

Nos pasamos horas teniendo una lluvia de ideas para lograr que los demás también vivieran algo nuevo, algo a lo que ya no estaban acostumbrados. Esperanza me contó que tenía una sobrina con una voz hermosa. Lo mejor era que tomaba canciones de nuestra época para darles una nueva vida. Nos pareció buena idea organizar un pequeño concierto en la casa de retiro. Sólo tendríamos que conseguir permiso de la administración y convencer a su sobrina de que nos acompañara. Estábamos muy entusiasmados con el posible escenario, pocas cosas unen a las personas como lo hace la música.

En cuanto terminó nuestro tratamiento relajante decidimos ir a las oficinas de Nueva Vida para hablar con el director. El señor era un tipo muy amable y nos recibió al instante. Cuando le contamos lo que teníamos en mente no tardó en subirse a bordo y darnos la autorización para usar las instalaciones. Además, se ofreció a preparar un menú especial para celebrar ese día. Nos pidió que dejáramos que invitara a los familiares de algunos de los residentes y nos pareció una idea increíble. Sería un día redondo: música, comida y familia.

Sólo bastó una llamada de cinco minutos para que Esperanza convenciera a su sobrina. Al colgar con ella me presumió que era su tía favorita, no había forma de que su sobrina se hubiera negado a hacer algo tan lindo por ella y el resto de los que vivimos aquí.

8

Todos estaban entusiasmados por el concierto de esa tarde. Era la primera vez que se haría un evento como ese. Por la mañana aprovechamos para salir a desayunar con Luna, la sobrina de Esperanza. Eran muy parecidas entre sí y se llevaban muy bien; a pesar de la gran diferencia de edad, parecían hermanas. Debo confesar que tuve un poco de envidia, yo no tenía una relación así con nadie de mi familia. En ese momento me hubiera gustado ser más cercano a mis nietos, pero sólo era cuestión de invitarlos a salir. No debí haber esperado a que fueran ellos los que decidieran acercarse a mí, todos tienen menos de veinte años y están sumergidos en sus propios mundos.

Cuando llegamos al jardín de Nueva Vida parecía un lugar diferente. Habían colocado un enorme toldo para protegernos del sol y debajo de él, muchas sillas y mecedoras para que todos pudieran tener un asiento. También había un par de mesas largas con algunos refrigerios y globos blancos con helio. Los residentes aún no entraban al jardín, pero aquello pintaba para ser todo un éxito. Luna estaría acompañada de un amigo guitarrista, ya que ella se había lastimado la mano derecha mientras escalaba una de las montañas de la ciudad. Seguro lo aventurera era herencia de su tía.

Las sillas empezaron a ocuparse con residentes y familiares. Algunos niños corrían por el pasto, nunca antes había visto niños en este lugar.

—Hola a todos —dijo Luna por el micrófono—. Estoy muy agradecida por esta invitación. Espero que disfruten las canciones y que canten conmigo, estoy segura de que conocerán la mayoría.

Durante las primeras canciones todos quedaron absorbidos por su voz y permanecieron en silencio disfrutando el espectáculo. No fue hasta que Esperanza empezó a cantar con fuerza desde su asiento cuando el resto de los asistentes hizo lo mismo. La voz de Luna era hermosa, pero al escucharla acompañada por todos nosotros se sentía más potente. Era imposible no sentir una sacudida al escuchar tantos sentimientos unidos. Incluso algunas personas se pararon a bailar lentamente, solos o acompañados. Una señora en el fondo bailaba con quien supongo que era su nieto pequeño. A todos se les veía feliz; la misión estaba teniendo resultados notorios.

Cuando Luna dio por terminado el pequeño concierto, el resto de las personas pedían a gritos una canción más. Lo que debió haber durado una hora se extendió el doble de tiempo.

—Antes de retirarme quiero darles las gracias a mi tía Esperanza y a don Omar por haber organizado todo esto junto con la administración. Me llevo este día en el corazón, ¡gracias!

Al escuchar esto, los familiares y los residentes se acercaron a nosotros para agradecernos por la tarde que acababan de vivir. Yo sólo esperaba que después de ese día todos amanecieran con ganas de hacer algo diferente. Ese momento debía ser la chispa que los motivara a seguir viviendo y disfrutando. Nada de aquello habría sucedido si no hubiera sido por Esperanza, ella se convirtió en la descarga eléctrica de mi vida.

—¡Lo logramos! —me dijo cuando todos se habían ido.

—Quizá deberíamos planear algo parecido cada mes. Podríamos cambiar la forma en la que todos vivimos aquí.

—Qué poder tan bello, ¿no es cierto?

—Una maravilla.

Esa noche nos quedamos en el jardín celebrando aquella pequeña victoria. Tomamos los globos y los fuimos soltando uno a uno hasta que se convirtieron en puntitos blancos. Tenía la sensación de estar haciendo una travesura y me encantaba sentirme así. Platicamos un par de horas de todo lo que hicimos cuando jóvenes, de nuestras familias, nuestras ciudades favoritas y los momentos que siempre llevamos en nuestra memoria. Antes de entrar a la casa para ir a dormir vimos cómo un par de luciérnagas centelleaban entre los arbustos. Hacía muchos años que no veía a una de ellas brillar, pensé que las habíamos matado a todas, pero quién sabe, quizá no las había visto porque permanecí mucho tiempo sin salir por las noches. Ver esos parpadeos de luz fue una buena forma de dar por terminado el día e ir a dormir llenos de alegría.

9

Al despertar lo primero que hice fue ir hacia el teléfono para llamar a mis hijos. Les pedí que llevaran a mis nietos al parque de diversiones para que tuvieran un día de convivencia con su abuelo. Me sorprendió que todos mis nietos aceptaran la propuesta sin poner ni una excusa. Si hubiera sabido que aceptarían así de fácil los habría llamado desde antes.

Pasé por el cuarto de Esperanza para decirle que saldría con mis nietos. Quería invitarla, pero al ver que la habitación se encontraba vacía, recordé que la noche anterior me había dicho que vería a su hermano para hablar sobre una posible remodelación de su bar.

Quería que mis nietos vieran que tenían a un abuelo elegante, así que opté por usar un traje gris para ese día tan especial. Todos fueron puntuales y me saludaron con mucho cariño. Normalmente sólo los veo tres veces al año, pero ese día pareció que lo hacíamos más seguido; supongo que crie a mis hijos de buena manera y eso se refleja en la forma en que mis nietos tratan a los demás. Me siento orgulloso.

✳ ✳ ✳

—Abue, me gusta tu traje —dijo Estrella, la más pequeña.

—Sabía que te gustaría, por eso me lo puse. A mí me gusta mucho tu vestido.

—Gracias, lo hizo mi mami.

Ahí estaban mis cinco nietos, todos entusiasmados por igual. Haber elegido el parque de diversiones para nuestra primera reunión sin sus padres fue una buena elección. Empezamos subiendo a los juegos más tranquilos, aquellos en los que nadie vomitaría. Cuando la mayoría deseaba aventurarse a juegos más intensos tuvimos que separarnos por un tiempo. Ni Estrella ni yo podríamos subir a las veloces montañas rusas. Ella por su estatura y yo por mi presión arterial. Compartimos un algodón de azúcar y seguimos disfrutando de los juegos para los niños pequeños.

—Abue, ¿podemos venir más seguido?

—¿Te gusta este lugar?

—¡Sí, es padrísimo! Es muy divertido estar contigo, abue. En dos semanas cumplo años, le voy a pedir a mi mamá que te invite a mi fiesta, ¿okey?

—Me encantaría, Estrellita.

Pasamos horas dentro del parque. Estaba cansado, pero ver a mis nietos divertirse me inyectaba energía para seguir acompañándolos por todos lados. Nos fuimos hasta que el último juego cerró. Todos estábamos hambrientos, así que los invité a todos a un restaurante de hamburguesas que estaba a menos de un kilómetro. Durante la cena hablamos de todo, los nietos mayores presumían de las chicas y chicos con los que estaban saliendo. El mayor tenía diecinueve años y llevaba tres con su novia. Yo a los ocho meses ya me había casado con su abuela, pero ahora todo va más lento. Aunque escuché cosas que me escandalizaban, trataba de mantenerme en calma. Estaba ganándome la confianza de todos, no podía permitir que pensaran que soy un viejo aguafiestas. Traté de aconsejarlos sin juzgarlos y parecía funcionar. Ese sería sin duda uno de esos días que recordaré aunque pierda la memoria.

10

Al día siguiente, Esperanza no volvió a bajar a desayunar, quizá seguía triste al recordar a Rocío. Al acabar de comer fui a buscarla a su cuarto, la puerta estaba abierta de par en par y sus cosas no estaban ahí. No estaba su maquillaje sobre el tocador, incluso el colchón estaba desnudo. Era probable que después de hablar con su hermano, ambos hubieran decidido que ya no viviría en este lugar. Me habría gustado que me avisara antes de irse, pero seguro tenía una razón para actuar de esa manera.

Bajé a la recepción para preguntar si Esperanza había dejado algún mensaje para mí. Cuando pregunté por ella la cara de la recepcionista se transformó por completo. «Esperanza falleció hace dos noches, Omar. Lo siento mucho», fue su respuesta. Subí hasta su cuarto sin decir nada, me senté en su cama y solté unas cuantas lágrimas. Murió hace dos noches y yo no me había enterado. ¿Qué clase de amigo soy? Ella me había mostrado una nueva forma de vivir. Bailamos, tomamos, navegamos y hasta organizamos un concierto.

No habría visto a mis nietos sin su inspiración... Y ahora ya no estaba. Aquí la gente muere todos los meses, todos estamos acostumbrados a que la gente llegue y se vaya, pero ella no era una más. Esperanza era luz, debía seguir aquí, con nosotros. Deseo que nos volvamos a encontrar, le exijo a la vida que nos junte una vez más.

Dios, deja que nuestros caminos se crucen en aquel mundo del que todos suelen hablar.

11

Investigué un poco y todavía tenía tiempo de llegar al lugar donde la velaban. Necesitaba despedirme de ella, agradecerle lo que había hecho por mí. La capilla estaba repleta de gente, me sorprendió recordar que en algún momento dijo que se sentía sola, cuando en realidad había tanta gente que la quería. Supongo que sólo necesitaba a la persona que amaba, como yo ahora la necesito a ella. Me encontré con Luna, era el único rostro familiar entre toda la gente.

—Luna, me acabo de enterar. Estoy destrozado. La quise mucho.

—Muchas gracias por estar aquí, lo aprecio mucho. Ayer intenté comunicarme con usted, pero me dijeron que había salido desde temprano.

Se veía tranquila.

—Lo siento, salí con mis nietos. No tenía idea.

—No se preocupe. Acompáñeme, le quiero presentar a mi papá.

Me llevó hasta la cafetería del lugar. El señor tendría unos diez años menos que su hermana pero se veía cansado, probablemente no había dormido desde que recibió la noticia. A pesar del agotamiento me saludó con un abrazo fuerte, como si ya nos conociéramos desde antes.

—Esperanza me habló de usted —me explicó—. Dijo que era como su cómplice de aventuras.

—Me gusta ese título —confesé.

—Mi hermana le dejó una última, si es que quiere aceptarla.

—Claro, dígame—respondí sorprendido.

Juan me contó que Esperanza sabía que iba a morir pronto. Me lo había ocultado, pero la realidad era que estaba muy enferma. Ella decidió vivir sus últimos días en la casa de retiro porque no quería que fuera su sobrina o él quienes la encontraran muerta. La noche después de que regresamos del lago llamó a su hermano. «Cuando me muera tienes que darle mis cenizas a Omar Castañeda de Nueva Vida, él sabrá qué hacer y lo hará muy bien», fue su mensaje y ahora mi misión. Esperanza confiaba en mí para que esparciera sus cenizas en el mismo lugar donde juntos habíamos llevado a Rocío. Me conmovía la confianza que me tuvo mientras vivió. Acepté la misión y Juan me agradeció el gesto. Me daría sus cenizas después de algunas semanas, quería tenerlas con él durante un tiempo.

12

Finalmente llegó el día en el que tenía que cumplir con mi misión. Se me ocurrió que Esperanza no podía irse sólo así. Le pedí a Luna que nos regalara otro concierto en Nueva Vida en honor a su tía y ella aceptó gustosa. Mis nietos me acompañaron al homenaje, querían estar ahí después de que les conté lo bien que la pasé en compañía de Esperanza. A pesar de que la habíamos perdido, aquello parecía una fiesta. Incluso se respiraba más alegría que durante el primer concierto. Las personas estaban celebrando el legado que ella les dejó. Nunca nadie se había interesado en ellos como lo hizo Esperanza.

El concierto terminó pasado el mediodía, era momento de que mis nietos y yo fuéramos al lago. Todos estaban más callados que de costumbre, con su silencio honraban el cariño inmenso que sentía por mi amiga.

—Esperanza no tenía miedo —les empecé a contar—. Ella amó a una mujer aun cuando eso no estaba tan bien visto como ahora. Ganó concursos de baile y tenía su propio bar de salsa. El primer día que salimos me llevó a bailar con ella. Yo era una piedra a su lado y al día siguiente no podía moverme sin sentir que todo el cuerpo me dolía por la friega que me había metido.

En el camino les conté con detalle las aventuras que pudimos vivir en el poco tiempo que estuvimos juntos. Veía cómo a mis nietos les emocionaba conocer sobre la vida de una mujer tan divertida, valiente e interesante. Me hacían preguntas sobre ella y hablaban de cómo les habría gustado conocerla.

Mientras sus cenizas iban escapando de mis manos hacia el cuerpo de su verdadero amor, yo le agradecí el haberme regalado una nueva vida. Esperanza se aseguró de no irse sin antes dejarme acompañado de mi familia. Su luz resplandecerá cada vez que vea a mis nietos.

Bifurcación

1

Por la ventana puedo ver cómo nos alejamos, aquellos lugares que alguna vez me protegieron ahora quedan atrás. El terreno parece tan plano que no es difícil imaginar que en estas tierras podríamos construir lo que queramos: una pequeña ciudad llena de la gente que quiero, con una gran sala de cine y un museo de arte. Cuando veo espacios en blanco siempre me da por llenarlos, por eso me encanta dibujar. Desde pequeña me ha gustado hacerlo, primero en las paredes de mi casa, después en los pupitres de mi salón. Más de una vez los maestros que eran nuevos me llevaron a la dirección por dañar el inmobiliario de la escuela; por suerte, la directora de mi colegio era una hippie amante del arte y la libertad creativa. Ella siempre se veía feliz, nada parecía perturbarla y siempre me alentaba a seguir expresándome de la forma que yo quisiera; la maestra Rosario era una de esas adultas que nunca nos trató como si sólo fuéramos unos niños.

Me gustaría tanto volver a ser niña, quedarme en casa de mis papás y salir a jugar con mis amigos. Crecí y no sé en qué momento pasó. Ya no puedo dar vuelta atrás y tengo miedo. Apenas hace unos días terminé la universidad y ahora trabajaré en la empresa de publicidad que siempre soñé. Soy realmente afortunada de poder cumplir mis sueños y, aun así, siento miedo.

2

—¿Me dibujas algo? —me preguntó sin quitar la vista del camino.

Cristóbal reconoce cuando estoy nerviosa, parece que siempre sabe lo que me pasa. Al principio me asustaba un poco, pero he aprendido a querer eso de él. Lo único que esperaba en ese momento era que no adivinara que abandonaría la ciudad sin importar que él se quedara. Sí, el trabajo de mis sueños está a más de diez horas de vuelo. Si alguien me hubiera preguntado si algún día iba a abandonar mi Monterrey por Buenos Aires, seguro me habría echado a reír. Hoy la realidad es otra.

—¿Tú tocarás algo para mí? —pregunté ahuyentando mis pensamientos.

—Una canción a cambio de mi dibujo, ¿trato?

—Trato.

Volteé para alcanzar la mochila donde guardo mis libretas de dibujo y me puse a trabajar para ganarme esa canción. Cristóbal canta tan poco que cuando lo hace frente a mí siento como si me hubiera ganado la lotería y doy brinquitos y sonrío. Y soy feliz, de verdad soy feliz. No es que él sea penoso y se inhiba al cantar frente a otros, pero siempre ha preferido tocar que cantar, dice que es la música en su estado más puro. Su voz al cantar y al hablar suenan tan distinto que bien podrían ser personas diferentes: Cristóbal el que habla y Cristóbal el que canta.

Me pregunto si la gente piensa lo mismo al ver mis dibujos. Recuerdo que cuando mi madre vio el primer dibujo que hice quedó asombrada, no podía creer que aquellos trazos hubieran salido de mi propia mano. Tal vez Cristóbal y yo también tenemos eso en común, podemos fingir que somos otras personas, aunque sólo sea al cantar o dibujar.

Terminé de dibujar cuatro horas después de que pisamos la carretera. Estábamos por llegar a nuestra primera parada para comer y descansar, así que decidí esperar para mostrarle lo que había hecho para él. Lo último que quería era que se distrajera y termináramos por volcarnos sobre los pastizales que empezaban a aparecer por el camino.

Nuestra primera parada era Zacatecas, estaba ansiosa por llegar. Me encanta viajar en coche y al mismo tiempo no me puedo quedar quieta. Cuatro horas en el mismo lugar me parecen eternas.

—Creo que yo también te regalaré una canción —me aventuré.

—¿Estás segura de que quieres hacernos esto? —bromeó.

—¡Cállate!

Tomé mi celular y después de batallar un poco con el internet logré que «Vivo» de Fobia se escuchara en el coche. Esta es mi «canción de cocina», como esas que aparecen en las películas cuando hay una pareja bailando mientras preparan la cena y beben vino. Aunque en ese momento decidí que también sería mi «canción de carretera». Los dos cantamos tan fuerte como el viento que entraba por las ventanas nos permitía, movimos la cabeza y dimos golpes al tablero y así de fácil sólo pude sentirme libre y viva.

—Quiero manejar.

Cantar me había acelerado tanto que ya no podía quedarme sentada. No faltaba mucho para llegar a la ciudad, pero de todas formas nos detuvimos a un lado de la carretera para cambiar lugares. Esperé a que Cristóbal subiera al asiento del copiloto y aceleré de tal forma que las llantas levantaron una nube de polvo que muy pronto dejamos atrás.

3

Cuando llegamos a Zacatecas tomé mi libreta y le pedí a Cristóbal que buscara un lugar en el que pudiéramos comer algo. No se molestó cuando le dije que quería caminar sola durante un rato. Acordamos que el restaurante en el que nos quedaríamos tendría que escogerse sin buscar críticas en internet, comeríamos en el lugar que más se le antojara cuando camináramos por las calles; eso me daría más tiempo para cumplir mi misión.

Yo no podía darme el lujo de renunciar a la tecnología, en cuanto mi amigo desapareció abrí el navegador de mi celular y busqué «enmarcar pinturas Zacatecas» y me dirigí al primer lugar que apareció en mi pantalla. Me parecía que el cuadro que acababa de pintar, en el que aparecíamos los dos a la mitad de un bosque rodeados de luciérnagas, sería el regalo perfecto para nuestra despedida. Sólo me quedaba esperar que el cuadro estuviera a la altura de la experiencia que viviríamos al terminar nuestro viaje. Nuestro último destino sería el santuario de luciérnagas de Tlaxcala.

El señor que me atendió tan amablemente necesitaba tres horas para terminar el trabajo. Me pareció que era el tiempo perfecto para comer y regresar por el cuadro sin que Cristóbal se diera cuenta. Dejé mi pintura y caminé por el barrio mientras esperaba que me mandara la ubicación del restaurante que había elegido. Al llegar a la catedral no pude hacer otra cosa más que sentarme en el suelo y contemplarla. Está construida con cantera rosa, es tan bella que de no haber sido por el mensaje que hizo que mi celular vibrara, pude haber pasado media vida ahí. La ubicación de Cris me mostraba que se encontraba a quinientos metros de mí; ahora que moría de hambre, esos quinientos metros parecían atravesar toda la ciudad, cuando en realidad sólo necesitaba caminar ocho minutos para alcanzarlo. Cuando llegué al lugar, el mesero me pidió que subiera a la terraza. Me puse un poco nerviosa al ver a Cristóbal sentado en una mesa para dos llena de velas rojas y rodeada de cientos de pétalos de rosas. No me moví hasta que, con señas, me invitó a que me acercara.

—¿Quiere un poco de champaña, señorita? —fue lo primero que dijo—. Ven, toma asiento.

—¿Qué es esto? —Me senté, vacilando un poco.

—Pues resulta que un tal Sebastián organizó esta comida especial para pedirle matrimonio a su novia Victoria... Lamentablemente no habrá boda. Una historia triste para ellos, pero afortunada para nosotros.

Hasta que me aseguré de que Cristóbal realmente no estaba enamorado de mí pude respirar de nuevo. En ese momento me sentí más relajada, aunque al mismo tiempo me dio lástima que la historia de aquellos dos desconocidos no terminara con un final feliz. Todos merecemos uno, espero que ellos encuentren el suyo algún día. Tomé la botella de champaña y llené nuestras copas.

—Por Sebastián y Victoria. —Levanté mi bebida.

—Por Victoria y Sebastián.

Cristóbal me explicó que vio a su amigo Alejandro salir del restaurante y lo siguió para saludarlo; se habían conocido en la secundaria y tenía años sin verlo. Su amigo resultó ser el sobrino del chef. Alejandro recordaba con cariño a Cristóbal y le ofreció una comida de dos tiempos, porque los novios, o ahora exnovios, sólo se comieron la entrada, y gratis.

—Lo único que hice por él fue invitarlo a una fiesta en mi casa cuando nadie quería que lo invitara.

—¿Tú crees que alguien tenga un buen recuerdo de mí? —pregunté dudosa.

—Yo tengo muchos.

—Sí, pero tú no cuentas. —Sonreí.

—Todavía tienes tiempo para crear buenos recuerdos en otras personas.

—Me aterra —acepté.

—¿El tiempo? —preguntó curioso.

—También... No saber cuánto tiempo me queda, no usar ese tiempo de la mejor manera.

—¿Aquella serie que vimos no decía que la vida no tiene sentido? Si la vida carece de sentido, el tiempo también; es más, el tiempo ni siquiera existe —me recordó.

—¿Esto me debería de hacer sentir mejor?

—¿Lo logró?

—No —acepté y nos echamos a reír.

—Lo que intento decir es que la vida es como una hoja en blanco, ni siquiera hay líneas para que escribas derechito en ella. Puedes escribir de abajo hacia arriba, puedes usar los colores que quieras; incluso podrías pintar en ella. No hay camino destinado para nadie, y aunque eso puede dar un poco de miedo también nos da un mundo de posibilidades.

Mi viaje quizá sólo es una pincelada celeste en la inmensa hoja en blanco, aún me queda mucho espacio para seguir pintando. Incluso hay personas que creen en la vida después de la muerte; si ellos tienen razón, entonces no sólo tengo una gran hoja en blanco, tengo un montón de libretas como la que tengo en mi mochila, tal vez ya hay pintura en algunas páginas.

Me sentía cansada, llevaba noches sin poder dormir. De mi cabeza no salían dos preguntas: ¿estoy tomando la decisión correcta? Si el plan falla, ¿podré reiniciar todo y volver a casa? No había encontrado el momento para decirle a mi mejor amigo que estaba a punto de irme, no quería que la noticia arruinara nuestros últimos días juntos y menos este momento donde platicábamos como si todo fuera como siempre. Por eso organicé nuestro viaje, para crear un último recuerdo antes de dejar mi país. Ojalá los míos pudieran seguirme en cada paso. No quiero estar sola. No me siento preparada para salir de aquí.

—¿Qué harás ahora que nos hemos graduado? —le pregunté al tiempo que hacía a un lado mis pensamientos. Ese era el momento para hablarle de mi viaje.

—Cada semana me preguntas lo mismo... Sigo sin saberlo. Mi papá dice que siempre tendré las puertas abiertas en la concesionaria, pero esa no es la opción que me gustaría tomar. ¿Me imaginas vendiendo carros? No estudié música para eso.

—Claro que no, estudiaste música para que yo te pudiera escuchar... Y sigo esperando mi canción. —Era lógico que si seguíamos hablando del futuro me preguntaría qué haría yo. Así que era momento de cambiar de tema.

—Y yo mi dibujo.

—No me gustó, en el camino pintaré otro.

—Entonces luego te cantaré, así es como funcionan los tratos. Es un intercambio. Dando y dando.

Ya no seguimos hablando del futuro, me arrepentí de mi pregunta. Decidí que se lo diría hasta que el viaje estuviera a punto de terminar. Yo y mi terquedad de no querer arruinar los últimos días que íbamos a estar juntos. Esa noche dormimos en un hotel que alguna vez fue un mesón. La construcción era del año 1700, estar ahí era como viajar en el tiempo. Sin duda alguna, ese será el lugar al que querré regresar cuando necesite retroceder un poco.

Esperé a que Cristóbal entrara a darse un baño y aproveché para salir sin que me hiciera preguntas. Cuando vi mi dibujo me pareció más bello que el que había entregado. Definitivamente todo se ve mejor enmarcado. Me pareció que sería una pésima idea entrar a la habitación con el cuadro, el hecho de verme con una bolsa le causaría curiosidad y terminaría por preguntarme algo. Con ocultar mi próximo viaje era más que suficiente, no podía sumarle carga. Pedí en la recepción que por favor lo llevaran a la habitación una vez que saliéramos del hotel.

—¿Dónde estabas? Se nos hace tarde para salir de fiesta por la ciudad.

—Perdón, salí a fumar cerca de la alberca. Estaré lista en veinte minutos.

—Siempre dices eso y siempre es mentira.

—Puedes ir a la tienda a comprar un poco de alcohol, así tomamos mientras tú me esperas y yo me arreglo.

—Esperar con alcohol no suena tan mal. Ahora vuelvo.

4

Pensé que salir con vestido no había sido la mejor idea. Zacatecas por la noche es fría pero definitivamente no planeaba regresar a cambiarme, tendría que bailar hasta hacer que mi cuerpo entrara en calor. Llegamos a un bar que los locales nos recomendaron; el lugar se encontraba dentro de una antigua mina. Me daba un poco de miedo estar ahí, pero en cuanto pusieron mi canción favorita olvidé todo. Arrastré a Cristóbal conmigo y empezamos a bailar. Teníamos una coreografía para esa canción, así que aprovechamos para sacar nuestros mejores pasos de baile. Estábamos tan coordinados que las personas nos miraban atónitos.

—Ahora vuelvo —le grité al oído.

Estaba segura de que Cristóbal quería ligar con alguna chica, pero nadie se le iba a acercar si yo estaba con él. Todos siempre han creído que somos novios, incluso mi mamá me lanza indirectas de vez en cuando. Prefiero darle su espacio, yo no necesito un ligue de una noche, y ahora menos que nunca. Quizá hace unos meses podría haber intentado una relación a distancia Monterrey-Zacatecas, pero una Zacatecas-Buenos Aires la veo casi imposible. Mejor me alejo, la vida es capaz de hacer que me enamore en este momento sólo para complicarme aún más la despedida.

Al revisar mis mensajes en el celular me di cuenta de que mi mamá se encontraba en línea. Tenía ganas de platicar con ella antes de regresar a bailar.

—¿Qué pasa, mi amor? —Se escuchaba preocupada.

—Nada, nada, salí a tomar un poco de aire y te quise marcar.

—¿Segura que estás bien?

—Ma, creo que Cristóbal se enojará conmigo cuando le cuente —acepté sintiéndome muy triste.

—Jamás se enojaría contigo por tomar una oportunidad como esa, no seas boba.

—Pero lo voy a dejar.

—No, irás a cumplir tus sueños y él se quedará cumpliendo los suyos. Ninguno abandona al otro —dijo ella cariñosamente.

—No quiero arruinarle el viaje.

—Entonces, cuéntaselo el último día.

—Sí, creo que eso haré.

Colgué y me quedé unos minutos más dejando que el frío me calara hasta los huesos; si en esos momentos hubiera estado afuera de mi casa, seguro estaría muriendo de calor. Así que lo que tocaba era disfrutar del frío mientras podía.

Cuando volví a entrar me encontré a Cristóbal sentado en nuestra mesa bebiendo un «whisky», que en realidad era agua mineral con un chorrito de refresco de manzana.

—Salí para que aprovecharas tu soledad y pudieras coquetearle a alguna chica.

—¿Y a mí de qué me sirve coquetearle a alguien si al final compartimos cuarto?

—Pues los dejo a solas un par de minutos. —Le sonreí como los cómplices que siempre hemos sido—. No creo que necesites más tiempo.

—Jaja. No estás tomando en cuenta que esos dos minutos es lo que tardo en quitarme la ropa.

—No, sí los estoy contando.

Seguimos bailando y conforme la noche avanzaba también se acercaban a nosotros grupos pequeños de personas motivadas por el alcohol a hacer nuevos amigos. Hay lugares mágicos en los que las personas no son simples extraños, sino amigos en potencia. Me encantaría que todo el mundo fuera así. Terminamos la noche con saldo blanco, yo no caí en las redes de ningún tipo y tampoco iba a tener que esperar a Cristóbal afuera de la habitación.

El hotel estaba un poco lejos, pero decidimos caminar, seguíamos muy animados como para ir directamente a dormir. En el bar, un tipo muy borracho me regaló su chamarra, intenté rechazarla, pero fue muy insistente, así que por lo menos no pasé frío en el camino.

—Voy a extrañar esto —solté.

—¿Zacatecas?

—Y el viaje, y la gente. Extrañaré estos días.

—Son días buenos, pero siempre habrá días buenos —dijo con su característico estilo.

—Sí, supongo que sí... —No podía esperar más—. Me iré, Cristóbal.

—¿Te irás?

—Terminando este viaje me voy. A Buenos Aires... A trabajar.

—Guau... no sé qué decir... ¿Dónde trabajarás? ¿Por cuánto tiempo? ¿Desde cuándo lo sabes?

—En Paradigma. Por lo pronto he firmado un contrato por un año. Lo sé desde hace tres meses. —La verdad salía con toda su fuerza.

—Si soy tu mejor amigo, ¿por qué me lo dices después de tres meses? —Se notaba molesto.

—No quería que esa noticia afectara nuestros últimos días juntos. Fue por eso que organicé este viaje, quería que disfrutáramos sin pensar en el futuro.

—Y lo único que has hecho es cargar con el futuro tú solita. Fuiste muy egoísta. —Tenía razón.

—Cargar yo sola con esa noticia para no arruinar nuestro viaje es lo contrario a ser egoísta.

—Fuiste egoísta cuando decidiste que no querías arruinar nuestros últimos días. No querías que mi reacción a la noticia jodiera este viaje. No me diste la oportunidad de decidir cómo aprovechar nuestro tiempo juntos antes de que te fueras hasta Argentina. —Explotó.

—No tendría que decirte que estos son los últimos días para que los aproveches. Deberíamos pasarla bien y disfrutar todo el tiempo que queda por delante.

—Qué pendejada.

—Eres un idiota.

Una parte de mí sentía que Cristóbal tenía razón. Evité contarle que me iría porque no quería lidiar con despedidas. Seguimos caminando y el silencio me volvía loca.

—¿Estás molesto? —pregunté para romper el hielo.

—Sí.

—¿Conmigo?

—Un poco, sí. Te voy a extrañar, me hubiera gustado que hubieras compartido la noticia antes. Estoy orgulloso de ti, no importa qué tan lejos estés —dijo con un aire de melancolía.

—Tengo miedo de irme.

—Todos siempre tienen miedo de irse... Hasta que se van.

—¿Me visitarás?

—Claro, siempre he querido conocer Argentina. Ahora ya no tendré que pagar hospedaje —bromeó. Parecía que comenzaba a tranquilizarse.

—Igual te cobraré en especie, tendrás que llevarme las cosas que extrañe de México.

—Me parece justo.

En realidad todo fue más sencillo de lo que esperaba. No creí que Cristóbal se enojaría conmigo para siempre, pero una parte de mí no quería decirle... Quizá sólo eso me faltaba para que todo se volviera real. Me voy de mi país y de mi gente.

—¿Ya me vas a regalar mi canción?

—Qué osadía, atrevimiento, insolencia y descaro. Por supuesto que no te la mereces hoy —dijo entre verdad y mentira.

—¿Mañana me regalas mi canción? —insistí.

—Mejor ahorita. —Y lanzó un suspiro antes de empezar a cantar «Mi última canción» de Raquel Sofía.

Me parecía una elección muy dramática, exagerada incluso, y aun así me hizo llorar. Él también lo hacía, pero en silencio mientras me abrazaba al caminar.

—¡Eres un tonto! Esa no puede ser mi última canción.

—Pero si es perfecta, hasta el título encaja —rio.

—Me vale, me debes otra canción... Esa es para dos personas que ya jamás se volverán a ver.

—*Don't cry for me, Argentina,* que pronto tocaré tus tierras para visitar a Camila.

TODOS
SIEMPRE
TIENEN
MIEDO
de irse...

HASTA
QUE SE VAN

5

Esa mañana desperté antes que Cristóbal para guardar el cuadro en la camioneta sin que lo viera, quería entregárselo como regalo de despedida. Nos bañamos, nos cambiamos y salimos del hotel temprano. Teníamos un viaje de casi cinco horas por delante antes de que lográramos llegar al siguiente destino: San Miguel de Allende. Ese era uno de los tantos pueblitos mágicos que tiene México y entre toda la lista era el que más quería visitar. También pasaríamos sólo una noche ahí, pero eso sería suficiente para poder ver la parroquia color rosa frente a la que medio mundo se ha tomado una foto.

Ese nuevo día me parecía más bonito que el anterior. Ya tenía la mente despejada y podía apreciar mejor los detalles que me regalaba la vida. Incluso parecía como si el sol hubiera amanecido más naranja que de costumbre. Al final, intentar esconder que me iba a ir a Argentina logró lo mismo que había querido evitar: arruinar el viaje con mi amigo. Hice una nota mental para que en ninguna otra ocasión se me ocurriera cargar con un peso absurdo, en especial cuando no hay razones para hacerlo.

Cristóbal sería el primero en manejar, cuando yo lo hago intenta verse relajado, pero sé que lo pone nervioso verme detrás del volante. Yo creo que es evidente que sé manejar bastante bien, pero perdió toda la confianza el día que choqué contra un poste al salir de la cochera. Hicimos una parada en una tienda para comprar comida chatarra, un viaje en carretera no es real si no llevas helado, papitas y chocolates.

—Tenemos dos opciones —dijo sin quitar la mirada de la carretera—: podemos pasar por San Luis o por Aguascalientes y conocer un poco de alguna de esas ciudades, o también podemos evitar las ciudades y llegar un poco antes a San Miguel.

—Ay, ¿por qué tomar decisiones es tan difícil?

—Porque ser adulto no es fácil. ¿Te conté que tuve que hacer una factura para que me pagaran la última canción que compuse? Nunca nadie me enseñó a hacer eso, ni mis papás sabían. ¿Qué nos enseñan en la escuela? Esta decisión tampoco es tan difícil.

—Pues... Tomemos el camino más corto, así podemos disfrutar el poco tiempo que estaremos en el pueblo. —Ya no sabía ni qué contestar.

—¿Y si el camino es más bonito que el pueblo?

—¿Y si dejas que tome una decisión sin que me arrepienta? —bromeé.

—Aprovecharé este momento filosófico para decirte que en realidad lo que quisiste decir es que tomemos el camino más rápido. El camino más corto no siempre es el más rápido.

—Amaneciste muy reflexivo.

—En realidad en esta situación el camino más rápido también es más corto como por cinco kilómetros... Pero tú entiendes el punto —concluyó.

Recliné mi asiento para mirar por el quemacocos y pensé en lo que Cristóbal acababa de decir. Él sólo intentaba hacerse el chistoso, pero tenía razón. Creo que todos tratamos de tomar el camino que parezca más corto para llegar a nuestros sueños, pero muchas veces ese camino está lleno de obstáculos. Hay otros pocos que piensan con la cabeza fría y analizan cada situación, hay personas que postergan sus sueños un poco y eligen el que parece ser el camino más largo, pero al final son los primeros en cumplir sus metas. Yo sigo pensando que tomar decisiones es algo muy difícil. Elegir qué comer en el *food court* me toma más de treinta minutos, ¿por qué debería decidir tan pronto qué es lo que quiero hacer por el resto de mi vida? Y si al pasar los años descubro que ya no quiero seguir haciendo lo que hago, ¿habré perdido ese tiempo? La gente siempre dice que hay tiempo para cambiar de decisión, que siempre puedes hacer lo que te apasiona... Yo no sé si eso sea real o sólo es una ilusión para motivarnos a seguir con nuestras vidas.

6

Llegamos a San Miguel de Allende y era todo lo que me imaginaba. Después de dejar nuestras cosas en el pequeño hotel, salimos a la plaza principal para poder ver la parroquia. Compramos un helado y nos sentamos en una de las bancas que estaban ahí y que en realidad parecían asientos de primera fila para admirar la edificación. El rosa de la cantera me recordaba a Zacatecas, pero al mismo tiempo me hacía sentir en algún lugar de Europa, y que las calles estuvieran repletas de turistas de todas partes del mundo ayudaba a mantener esa ilusión.

—¿Entramos? —le propuse a Cristóbal.

—Pero si es muy bonito desde aquí afuera.

—Por eso deberíamos de entrar, ¿no?

—Yo creo que lo que lleguemos a ver en el interior no será tan imponente como lo que estamos viendo ahora mismo... Pero, ¡vamos! —contestó emocionado.

Cristóbal tenía razón, la parroquia desde adentro se parecía a cualquier otra. Además, estando ahí, se veía más pequeña. Cuando salimos para sentarnos de nuevo ya nos habían ganado nuestro lugar. No había más bancas libres, habíamos perdido nuestros asientos de primera fila por andar de aventureros.

Puedo hacer una lista con las cosas que aprendí en ese viaje, sería algo como:

1. No cargues con peso extra (emocional y físico).
2. El camino más rápido no siempre es el más corto.
3. A veces es mejor no conocer del todo un lugar. El misterio suele ser más interesante.

Creo que si hubiera creado esta lista desde pequeña ahora mismo mi vida sería más sencilla. Todos los días aprendemos cosas diferentes, pero también vamos olvidando lo que no ponemos en práctica. En una ocasión, alguien me dijo: «si alguien dice que algo lo ha herido, esa es la única verdad. No tienes derecho a decidir qué le puede doler a los demás». Cuando lo escuché me pareció muy lógico, pero nunca lo agregué a ninguna lista, fue por eso que lo olvidé muchas veces. Tuve que escuchar a muchas personas heridas y volver a aprender aquella frase en repetidas ocasiones para que quedara grabada en mí. Ya decidí que esta lista me acompañará por el resto de mi vida. Con un poco de suerte se volverá lo suficientemente larga para hacer un libro: *Lo que aprendí. Una lista autobiográfica,* por Camila Villagómez.

4. Hacer listas es útil y divertido.

Al no poder sentarnos frente a la parroquia decidimos pasear por el pueblo para tratar de descubrir otros sitios menos turísticos. Caminamos por las calles y nos encontramos con arte y artesanías por todos lados; docenas de locales, puestitos o vendedores ambulantes ofrecían desde pequeños llaveros hasta grandes cuadros, pintados en su mayoría por artistas mexicanos. No pudimos evitar entrar a una de las tantas galerías. El lugar estaba muy iluminado y regalaban montaditos y vino tinto; entrar a esa galería era, quizá, la mejor decisión del día. Había cuadros que me hubiera encantado pintar, aunque también estaban otros que no entendía cómo habían llegado a ese sitio.

—Me los quiero llevar todos —dijo Cristóbal.

—Yo quiero la mitad, cuando menos.

—Deberíamos comprar uno.

—¿Quién se lo quedaría? —pregunté.

—Yo, claramente. Seguro no tendrás espacio en tu maleta para llevártelo hasta Argentina.

—Podría intentarlo.

—No hay que tomar riesgos —dijo él.

—Creí que de eso se trataba la vida, de tomar riesgos.

—Pues entendiste todo mal.

La realidad era que si queríamos comprar un cuadro teníamos que empeñar el coche o vender nuestros teléfonos, ya que el más barato costaba ocho mil pesos. No podíamos gastar esa cantidad de dinero, pues éramos oficialmente desempleados. Saber que no compraríamos un cuadro no nos impidió que fingiéramos que estábamos muy interesados en algunos de los más caros para seguir comiendo gratis. Sólo bastó que jugáramos un poco con la verdad para que el dueño nos diera un trato especial. Le dijimos que nos acabábamos de graduar de la escuela de arte. Al parecer él siempre quiso estudiar pintura, pero sus padres nunca lo dejaron, hasta que creció fue cuando pudo seguir su pasión con aquella galería. Tal vez, al final del día, sí hay tiempo para todo, incluso para arrepentirse y remediar el camino andado. Tuve que fingir que había olvidado mis tarjetas de crédito en el hotel para poder irnos sin dejar al descubierto nuestras mentiras.

San Miguel era todavía más bello de noche, el aire era más fresco y ligero. La parroquia parecía otra con los reflectores sobre la cantera, algunos niños jugaban con luces de bengala y había grupos de mariachis que tocaban esas canciones que todos conocemos porque crecimos en México. Nos acercamos al mariachi y Cristóbal les pidió que tocaran «La Bikina». Cantó muy bien, a pesar de no estar acostumbrado a cantar con mariachi. Yo bailaba dando vueltas y fingía que ondeaba un vestido que evidentemente no llevaba puesto. Me parecía gracioso cómo algunos turistas se acercaban a grabarnos. Cuando la canción terminó, nos abrazamos y reímos. Si hiciera una lista de mis momentos favoritos, ese sería uno de ellos.

7

Despedirme de ese pueblo me costó más de lo que esperaba, sólo buscaba excusas para que nos quedáramos. Desayunamos chilaquiles y enmoladas en la terraza de un restaurante antes de regresar a la camioneta para ir a nuestro último destino. Nos esperaban otras cinco horas de camino para llegar al pequeño hotel en donde nos hospedaríamos antes de visitar el santuario de las luciérnagas. De nuevo, fue Cristóbal quien tomó primero el volante.

Llegamos a Tlaxcala, un lugar que parecía más pequeño y menos turístico. Nuestro hotel era en realidad una casa muy grande. Nos dieron una llave enorme para una de las habitaciones y nos apresuramos a tomar una siesta. La noche anterior no dormimos nada por disfrutar de todo lo que estábamos viviendo. Nuestro recorrido al santuario sería hasta la noche siguiente, así que no teníamos que preocuparnos por poner alguna alarma.

Cuando despertamos ya era muy tarde para hacer cualquier cosa en las calles, así que decidimos ordenar pizza y quedarnos en la cama viendo películas. Teníamos que guardar energía para el día siguiente, se tenía que caminar mucho para llegar al lugar exacto en donde brillaban las luciérnagas.

—Deberíamos hacernos un tatuaje —soltó Cristóbal.

—Quizá otro día, pero gracias por invitarme.

—Hablo en serio. Hagámonos un tatuaje, uno que los dos tengamos.

—Me cuesta tomar decisiones absurdas que no tienen ninguna repercusión en mi vida, ¿y quieres que de la nada le diga que sí a un tatuaje que tendré por siempre? ¿Estás loco? —pregunté, incrédula.

—Pues yo seré un loco, pero tú eres una aburrida.

—¿Qué nos tatuaríamos? —Quería jugar un poco con la idea.

—No sé... Una luciérnaga para recordar este viaje.

—Capaz y mañana no vemos ninguna luciérnaga, ¿puedes imaginarlo? —dije y me reí.

—Entonces lo hacemos al regresar a Monterrey, antes de que te vayas.

—Ya veremos, además no sé ni cómo se ve una luciérnaga. Seguro que sin la luz se ve muy fea...

—Camila, ¿desde cuándo eres tan superficial? Le ponemos luz si quieres.

—Lo voy a pensar.

En mis planes no estaba pensarlo, hacerme un tatuaje de una luciérnaga sólo por impulsiva no era una opción. Sobre todo después de buscar en internet fotos de luciérnagas. No tenía que marcar mi piel para recordar este viaje, con saber que era mi forma de decirle adiós a una etapa de mi vida era suficiente.

8

En la última mañana de nuestro viaje, desayunamos y paseamos un poco. No había mucho qué hacer, pero faltaban unas horas antes de que llegara la hora del recorrido. Al día siguiente teníamos que conducir hasta la Ciudad de México para dejar la camioneta que rentamos y tomar un vuelo de regreso a Monterrey. Sólo estaría ahí tres días antes de volar a Buenos Aires.

Me prometí dejar de pensar en el futuro, así que en cuanto llegamos a un río decidí que ese era el momento adecuado para entregarle el cuadro. Mientras él caminaba por las piedras mojándose los pies yo saqué su regalo de mi mochila.

—¡Cristóbal, ven! Tengo algo para ti —le grité para que pudiera escucharme.

—¿Un regalo tuyo? Esto no se ve todos los días.

Cuando volteó el cuadro para poder ver el dibujo su expresión cambió por completo. Lo había visto fingir sorpresa muchas veces antes, pero aquella reacción fue auténtica, estaba completamente maravillado. El solo hecho de recordarlo hace que me den ganas de llorar.

—Somos nosotros dos —dijo al recuperarse de la emoción.

—Sí, tuve que imaginar cómo nos veríamos rodeados del bosque y las luciérnagas.

—Es muy bonito, Camila. De verdad lo es. Y yo queriendo un cuadro de aquella galería sin saber que esto me estaba esperando.

—Quería dártelo al final del viaje. Es mi regalo de despedida. —Me aclaré la garganta para decirlo.

—Aún no creo que te vas de mi lado. No imaginas cuánta falta me harás. —Abrazó el cuadro.

Aquella no era la última vez que lo vería, pero por primera vez sentí que la despedida era real e inminente. Es verdad que me voy a Argentina a tratar de cumplir mis sueños. Las metas siempre piden sacrificios y, a pesar de que sigo teniendo miedo, hoy sé que esto es algo que tengo que hacer. Saber que siempre podré regresar a casa y ahí estará Cristóbal me da una sensación de paz. Al mismo tiempo sé que no importa qué tan lejos esté de mi ciudad, mi hogar siempre estará conmigo. Dentro de mí llevo los recuerdos y el cariño; llevo los miedos y la nostalgia. Para sentir sólo tengo que cerrar los ojos y si algún día necesito tocar a mi gente, sólo estamos a un vuelo de distancia. Todas las ausencias pasan.

El sonido del río se mezclaba con el de los grillos. Era como si en aquel lugar se grabaran los ruidos ambientales que uso algunas noches para poder dormir. Me parece extraño que esa música en mi cuarto me ayude a dormir, pero estando en el lugar donde es real sólo me den ganas de nadar y bailar y comer.

—Tenemos que irnos —Cristóbal me traía de vuelta a la realidad.

—¿Es hora de ver a las luciérnagas?

—Tenemos un dibujo que recrear.

Regresamos al hotel para dejar algunas cosas. El guía recorría los pocos hoteles del pueblo para recoger a las personas que harían el tour. Nosotros fuimos los últimos en subir a la camioneta antes de salir al bosque. El camino fue corto, pero aún teníamos que adentrarnos algunos kilómetros caminando, ya que ningún vehículo podía acceder a esa zona. Las personas que nos acompañaban parecían estar muy emocionadas y eso nos ponía más felices.

El sol se escondió y todos sacamos las pequeñas linternas que el guía incluyó en un pequeño kit que nos dio al bajar de la camioneta. La luz que daban era poca, pero el espectáculo era maravilloso, había delgadas líneas de luz por todos lados. De pronto empezaron a aparecer los primeros chispazos verdes creados por las luciérnagas. Tuvimos que apagar las linternas para no molestarlas. Eran pocas, pero conforme avanzábamos, se iban uniendo más.

Llegamos a un pequeño claro en donde las luciérnagas se reunían, incluso volaban cerca de nosotros y algunas, las más intrépidas, hasta nos acariciaban. Cristóbal y yo nos sentamos sobre una enorme piedra del otro lado del claro, no había suficiente luz para ver al resto de las personas que nos acompañaban. No estábamos solos, pero era como si lo estuviéramos. A veces la oscuridad juega a tu favor. Cristóbal sacó el ukelele que cargaba en su mochila; me conmoví al saber que estaba a punto de escuchar mi última canción.

—Escúchame, vas a estar lejos de casa. Habrá días en los que no recordarás quién eres ni cómo te llamas. Si las cosas al final no resultan como lo esperas, no importa. Mientras sigas intentándolo y sigas luchando... nada importa. No olvides que siempre me puedes llamar y yo te ayudaré a recordar quién eres y por qué estás tan lejos cumpliendo tus sueños. Para que dos personas puedan tener una amistad se requiere de admiración mutua. Yo te admiro y tú me motivas, me llenas y la vida ya cumplió conmigo al haberte puesto en mi camino.

Sus palabras me tenían al borde del llanto. Sé lo que siente por mí, sé cuánto me quiere, pero nunca lo había escuchado decirlo. Bastó que comenzara a tocar las cuerdas de su instrumento para que me pusiera a llorar de felicidad. La canción que cantó fue «I don't know my name» de Grace Vanderwaal, una niña que habla sobre cómo ha olvidado su nombre, se siente perdida al crecer, al perder amigos, al buscar su pasión. Sentirse perdido es parte de la vida, demuestra que maduramos como personas. Es imposible sentirse a gusto donde se está después de aprender cosas nuevas. Aprender y quedarte en el mismo lugar es contradictorio, aprender es dar un paso adelante.

Cristóbal cantaba en voz baja y ronca. Era desgarrador escucharlo, cualquier otra persona habría llorado. Él mismo se encontraba conmovido, tanto que se quebraba en algunos fragmentos de la canción. Las luciérnagas hubieran llorado de haber podido. Terminó de agitar las cuerdas del ukelele y me lancé a sus brazos. Me sentía afortunada de vivir ese momento.

—¿Cuándo nos vamos a tatuar? —pregunté aún con lágrimas en los ojos.

9

Soy la última en bajar del avión, cada paso que doy me aleja todavía más de mi país, de las carreteras, de las luciérnagas. De mi amigo y sus canciones. Con cada paso también me acerco a una nueva versión de mí misma, y no podría estar más entusiasmada.

-DE QUÉ SE ESCRIBE CUANDO-
no se escribe de amor

1

Felipe fuma porque los escritores fuman. Hace todo lo que los escritores suelen hacer... Sólo que llevaba cuatro años sin escribir.

En su vida ha publicado quince libros, al nuevo siempre le va mejor que al anterior; no sólo se le considera un gran escritor, sino que también es un autor *bestseller*. Con las regalías que le siguen generando sus libros puede vivir con holgura, sin mencionar las inversiones que acertadamente realizó cuando era más joven. Escribió sus primeros libros por desamor a las mujeres y amor a los libros. Con el tiempo llegaron las críticas positivas y la fama; era —y quizá sigue siendo— el furor en las ferias del libro desde México hasta Argentina.

Lo que empezó como una pasión por escribir se convirtió en una obsesión; el mundo literario puede ser muy austero en algunos círculos sociales, pero Felipe tuvo la fortuna, o la desgracia, de ser absorbido por las altas esferas, donde la literatura se mezcla con el poder. Aunque Felipe sigue escribiendo para sanar sus heridas de amor, sus raíces están corrompidas.

Cuatro años sin publicar un libro lo han mantenido alejado de las ferias del libro y con ello la oportunidad de presumir sus éxitos pasados. También ha perdido la oportunidad de conocer a los nuevos escritores, con los que definitivamente tiene que hacer amistad si quiere seguir vigente.

Su falta de inspiración lo está volviendo loco, se levanta de la cama todas las mañanas, pasa al cuarto que acondicionó para que fuera su oficina e intenta escribir. En un mal día pasa horas frente a la computadora sin teclear una sola palabra, en los días buenos puede escribir varias páginas que al final considera basura y termina por eliminarlas. Todas las noches, antes de dormir, reflexiona con algunos vasos de whisky y se repite las mismas preguntas: *¿Qué es lo que estoy haciendo mal? ¿Por qué no me invitaron a aquel coctel? ¿Ya no podré volver a escribir?*

Una de esas noches llegó a él una nueva respuesta: *Ha pasado mucho tiempo desde que me enamoré por última vez. Si quiero escribir una vez más, me tengo que enamorar. Lo haré, me voy a enamorar y espero que todo termine mal.*

2

Al despertar tomó su celular y descargó la aplicación de citas que recordaba de las conversaciones con sus amigos. Para crear su perfil le pedían información sobre él, en su biografía agregó la larga lista de libros que había publicado. A pesar de estar orgulloso de sus cincuenta años, pensó que aquello asustaría a algunas de las posibles víctimas y decidió quitarse dos años, estaba convencido de que alguien en sus cuarenta atraería a más mujeres. Felipe es un tipo bien parecido, muy alto y con un cuerpo que muchos veinteañeros envidiarían, bien pudo haberse restado diez años y no habría levantado sospechas, pero quitarse tantos años le parecía deshonesto.

Le dio «me gusta» a la mayoría de las mujeres que se encontró; las excepciones eran las pelirrojas, ya que su romance más intenso lo vivió con una mujer con el cabello de ese color. En México aún no había encontrado a muchas pelirrojas, así que había posibles romances a la vuelta de la esquina.

Felipe sintió la necesidad de contar su ingenioso plan a los demás. Después de unas horas, cuando ya había arrasado con todos los perfiles disponibles, decidió llamar a Fausto, su mejor amigo.

—Déjame ver si entendí... ¿Quieres utilizar a una pobre mujer para poder escribir una historia sobre ella? —Fue la respuesta que obtuvo después de pasarse unos minutos hablando de su nueva táctica para escribir.

—No realmente. Quiero enamorarme de una mujer para escribir sobre nosotros. No puedo escribir nuestra historia si no me llego a enamorar... Y si me enamoro, realmente nunca utilicé a nadie porque eso es lo que todos buscan en esas aplicaciones: enamorarse.

—O coger. Las mujeres de tu edad ya han estado con hombres, hasta crees que están buscando enamorarse de otro a estas alturas de la vida —resolvió Fausto con sinceridad.

—«Sólo busco relaciones serias» fue una de las tantas cosas que puse en mi perfil. Además, ¿a quién no le gusta coger? Al final del día sólo puedo salir ganando en este experimento.

—¿A los asexuales? —interrumpió Fausto con el argumento que le daría la victoria.

—¿Todo el tiempo tienes que complicarme la vida? Sólo quería contárselo a alguien. Hablamos luego.

—Felipe, ¿crees que al amor se le encuentra cuando se le busca? Tus motivaciones están corrompidas, ya hay muchos pendejos que buscan el amor sólo por el simple hecho de enamorarse. Tú quieres ir más allá: enamorarte para escribir un pinche libro.

—Tengo que dejarte —lo cortó Felipe.

3

Felipe se emocionó al ver que después de mediodía ya tenía treinta y cinco *matches,* sentía que el libro empezaba a tomar forma aun sin haber tenido una primera cita. Se sirvió una copa de vino y cantó mientras revisaba los perfiles de las mujeres con las que había logrado esa primera conexión. La felicidad se convirtió en frustración cuando redujo la lista para quedarse sólo con las mujeres de las que él creía poder enamorarse. Eliminó a dieciocho mujeres que no le parecían físicamente agraciadas. Aunque él sabía que en el amor nunca es prioridad el físico, Felipe solía involucrarse con mujeres tan bellas que eran perseguidas por docenas de hombres. Recordó a Alessandra, con quien tuvo su relación más apasionada y no le pareció especialmente hermosa cuando la conoció. La consideraba sexy, provocadora, inteligente, extrovertida; y no fue hasta que notó esas cualidades cuando entendió la belleza de Alessandra.

Abandonó sus pensamientos para regresar a esa larga lista de mujeres y creyó que podía darse el lujo de estar con las que le parecieran atractivas físicamente.

Después eliminó a nueve: luego de *stalkearlas* un poco descubrió que eran lectoras de sus libros y consideró que salir con alguien que admiraba su trabajo no podía ser ético. No quería jugar con alguien que lo único que quería era tener contacto con su autor favorito, eso sí sería aprovecharse de ellas. Tachó a otra de la lista debido a su profesión: era curadora de un museo. Aunque Alessandra jamás trabajó en un museo, también era curadora. Le quedaron siete posibles candidatas; creyó que era un número bajo, pero quería concentrarse en ellas, así que ocultó su perfil a las otras mujeres. Le escribió a cada una un mensaje diferente para iniciar la conversación, bien pudo haber copiado el texto, pero le pareció de mal gusto.

Esa noche, Felipe comenzó a escribir, se sentía motivado. El amor podría encontrarse en alguna de esas mujeres. Escribió mil palabras, más de las que había escrito en las últimas semanas y, por primera vez en mucho tiempo, esas palabras no le parecieron basura. Guardó el archivo en su computadora y durmió con una sonrisa en el rostro.

4

Alessandra fue la única mujer que dejó a Felipe. Normalmente era él quien terminaba sus amoríos. El escritor vive en una búsqueda constante de inspiración y, una vez que la encuentra, se aferra a ella con uñas y dientes, la absorbe hasta dejarla seca y rara vez se preocupa por los daños colaterales. Perder a Alessandra quizá ha sido el precio más alto que ha pagado por una historia.

5

Ese día despertó más tarde de lo normal. Nunca programa la alarma porque prefiere trabajar por las noches; por las mañanas hay muchas distracciones: el camión de la basura, los niños que van a la escuela, las camionetas que compran o venden lo que cualquiera se pueda imaginar. Lo primero que hizo al levantarse de la cama fue buscar su celular, tenía la imperiosa necesidad de conocer las respuestas de aquellas mujeres. Sólo cuatro habían respondido sus mensajes; al día aún le quedaban muchas horas por delante, tal vez el resto de ellas le contestaría en el transcurso de la tarde o noche. Trató de seguir las conversaciones con precaución, sabía que para poder llegar a tener una cita con alguna de ellas tendría que cuidar cada una de sus palabras. Las personas en internet pierden el interés en un segundo y él tenía que conquistarlas aun cuando estuvieran hablando con otras personas al mismo tiempo.

Cuando se sentó frente a la computadora para seguir escribiendo su historia no pudo hacer otra cosa que pensar en regresar a la aplicación y hablar con aquellas mujeres. Leyó lo que había escrito la noche anterior y ya no parecía gustarle tanto. Decidió borrar una por una cada palabra. Una hora frente a una página en blanco le bastó para darse por vencido. En su celular ya se encontraban los mensajes de todos sus *matches,* pero decidió ignorar a las que habían tardado en responderle, prefería centrar su atención con las que empezaba a sentir una conexión.

Le bastaron dos días de conversación para lograr la primera cita con Fabiana, una mujer de cuarenta y tres años recién divorciada. Él creía que Fabiana no estaba lista para enamorarse, lo que ella buscaba era olvidarse del infiel de su exesposo, pero decidió intentarlo. Aunque Felipe se mantenía en forma, nunca fue un buen deportista, pero al enterarse de que ella practicaba tenis pensó en aprovechar ese hobby para su primera cita; así aprendía y rompían el hielo.

Bebió dos vasos con whisky antes de salir al club deportivo donde se encontraría con ella. Estaba nervioso, necesitaba fumar para relajarse, pero no quería llegar oliendo a cigarro. No hay nada erótico en el aroma que se impregna al cuerpo después de fumar. Llegó media hora antes para asegurarse de que la cancha estuviera libre, habló con los encargados de seguridad para que dejaran pasar a su invitada y tomó otro whisky. Bebía sin miedo porque su cuerpo había desarrollado una gran tolerancia al alcohol después de asistir a todas las fiestas que organizaban autores y editoriales. Su cariño por las bebidas alcohólicas era tanto que no podía escribir si no era en compañía de un tequila o de una copa de vino tinto. Cuando su hermano le insinuó que quizá tenía un problema de alcoholismo, Felipe insistió en que esto nunca le había impedido tener una vida feliz y productiva. *Alcohólicos los que no trabajan por estar tomando, o aquellos malacopas que sólo se meten en problemas. A mí el alcohol no me ha traído más que buenos libros y contactos importantes.*

Cuando vio llegar a Fabiana quedó fascinado, era más agraciada de lo que esperaba, las fotografías no le hacían justicia a su atractivo.

El partido no permitió que se conocieran a profundidad, pero sí logró que ambos terminaran sonrojados por el ejercicio y la excitación. Felipe sintió la urgencia de irse a la cama con ella, en lugar de eso, saliendo del club fueron a comer.

—Aún no me has contado a qué te dedicas —preguntó Fabiana antes de llevarse una copa de vino rosado a sus labios rojos.

—Soy escritor. —Sentía que era un impostor, un mentiroso. ¿Cómo podía ser un escritor si no había escrito nada desde hace cuatro años?

—¡Qué interesante! A mí me encanta leer.

—¿Qué te gusta leer? ¿Algún libro que me recomiendes?

—El último que leí fue *El alquimista* de Paulo Coelho, siempre me lo recomendaban, pero apenas hace una semana decidí leerlo.

—¿Te gustó?

—¡Muchísimo! Incluso compré algunos para regalar.

Una parte de él se alegró de tener esa conversación justo en ese momento, pues así sabría que no podía seguir perdiendo el tiempo con ella. Era una mujer muy guapa, pero no sólo le gustaba Paulo Coelho, sino que también lo recomendaba y regalaba sus libros; sería imposible llevarla a una reunión con sus amigos, ¿qué pensarían de él? Una vez que dejó de pensar en enamorarse de ella, pudo desatar sus instintos sexuales. Le miró los labios, tocó sus manos, pidió otro whisky para él y más vino para ella.

Hicieron el amor en la casa de Fabiana y una vez que se durmió, él huyó a su departamento.

6

Frente a sus ojos estaba la hoja en blanco, sintió cómo el cursor lo miraba: lo juzgó y se burló de él, le tuvo lástima. A decir verdad, él también sintió lástima por su falta de inspiración, por el nuevo rumbo que parecía llevar (o no llevar) su vida. Ni con cuatro caballitos de tequila consiguió escribir una sola palabra, no se atrevió a escribir siquiera el nombre del capítulo. Jaló su cabello y se dio golpes a puño cerrado. Ni eso logró despertar el talento que solía tener.

Me lleva la chingada. Tengo que escribir. Tengo que escribir. Tengo que escribir o me voy al carajo.

Cinco tequilas y el parpadeo del cursor. Seis tequilas y el parpadeo del cursor. Siete tequilas... Tomó su celular para escribirle a sus conquistas de internet. Tampoco ahí fue capaz de teclear.

Yo ya no sirvo ni para sentir amor.

Ocho tequilas, nueve tequilas. Felipe ya estaba borracho, las cosas a su alrededor empezaron a moverse, sólo el cursor seguía parpadeando en su lugar.

¿Y las amistades? Pinches autores, piensan que sus libros mediocres serán mejores al llevarse con tal o cual escritor. Pobres pendejos. Tienes amigos cuando la crítica te alaba, cuando tus presentaciones están llenas de lectores; cuando no, pura soledad.

7

Felipe despertó antes de que amaneciera; estaba desnudo y la única luz en el cuarto provenía de su laptop. Quería levantarse y apagarla, pero le dolía tanto la cabeza que sólo pudo ocultarse bajo las sábanas. Cuando entendió que no iba a volver a quedarse dormido buscó su celular para tratar de hacer una cita con otra de las extrañas con las que ya había hablado. Le aterraba la posibilidad de que su plan no fuera tan bueno como pensaba, quizá sólo estaba haciéndose ilusiones. Tal vez su amigo tenía razón, no se puede amar cuando el motivo es egoísta, el amor era más puro.

Pasó la mañana sin saber qué decir en los mensajes. Decidió que iba a tener una última cita, si las cosas no funcionaban buscaría otra manera de escribir un libro, incluso contemplaba la idea de contratar a un escritor fantasma. Tenía que elegir con cuidado a la mujer con la que saldría, no quería admitirle a su amigo que su plan sólo había servido para un acostón con una admiradora de Paulo Coelho.

Después de pasar un par de horas comparando los perfiles más interesantes, se animó a escribirle a Fátima; la escogió por una cita que estaba en su biografía «Aquí no hay otra cosa más que sueños y esperanzas, pero nada verdadero». Al menos parecía que Fátima leía cosas más interesantes. Otra buena señal fue que ella eligió el lugar en el que se encontrarían. El plan era desayunar en el centro de la ciudad antes de pasar al Museo de Arte Contemporáneo, en donde visitarían la exposición de Rufino Tamayo. Felipe no es un gran admirador del artista, pero pudo haber sido peor. Acordaron verse al día siguiente directo en el restaurante, no entendía por qué ambas mujeres habían preferido llegar al lugar de las citas sin que él pasara por ellas. Suponía que esa decisión formaba parte de algún plan de escape en caso de que todo resultara un fiasco.

8

Felipe buscó su celular en la cama, llevaba más de un minuto sonando, pero no había conseguido encontrarlo. Duerme con tantas almohadas que habría podido dedicarse toda la mañana a su búsqueda. Cuando por fin apareció, contestó la llamada sin mirar el identificador.

—Hola, perdón por tardar en contestar. No tenía el celular a la mano.

—Me tienes muy preocupada, no contestas mis correos, ¿en dónde tienes la cabeza? —Se puso nervioso al reconocer la voz de su editora, a la cual llevaba semanas evitando.

—Fernanda, lo siento mucho, tuve un problema y no he podido acceder a mi correo.

—Me vas a matar, Felipe. Mi jefa me ha estado preguntando por tu manuscrito, ya no puedo conseguirte más tiempo. Necesitas entregarme algo en menos de un mes o tendremos que cancelar tu último contrato —sentenció.

—¿Cómo crees que me harían algo así? He publicado todos mis libros con ustedes aun teniendo otras ofertas... Pero no te preocupes, estoy por terminar mi nuevo libro.

—¡Qué buena noticia! ¿Puedes adelantarme algo?

—Prefiero que sea una sorpresa, ¡les va a encantar! —dijo confiado.

—De acuerdo, hablamos de nuevo en un mes. Si quieres que discutamos algo sobre tu nuevo libro ya sabes dónde encontrarme.

Un mes era el nuevo plazo, nunca antes había terminado un libro en un mes. Podía hacerlo, estaba seguro... Si tan sólo consiguiera una historia, una idea.

¿Será que a mis cincuenta años ya he contado todo lo que tengo que contar? Si eso es verdad, ¿no es esto el final de mi vida?

9

El día de la cita despertó más temprano de lo que acostumbraba. Quería caminar por el parque que estaba cerca de su casa para despejarse un poco, no podía llegar a desayunar con todos los problemas en la cabeza. Mientras paseaba imaginaba distintas maneras de iniciar su nueva novela. Estudiaba a las personas desde lejos preguntándose qué historias podrían contar ellos. Si su vida ya no era interesante quizá podría robar la de los demás. ¿Entrevistar a extraños? Quizá algo bueno podría salir de eso... Sería su plan de emergencia. Tendría que estar al borde del abismo para hablar de los demás y no de él. *Egoísta.*

Llegó a la cita completamente sobrio, tenía que ser crítico y analizar a Fátima para saber si en realidad contaba con los requisitos para enamorarlo. A pesar de llegar cinco minutos antes de la hora pactada, ella ya lo esperaba. Se sintió incómodo mientras la *hostess* lo acompañaba a la mesa, Felipe quería ver cómo su cita caminaba hacia él y no al revés. Por más que le gustara ser observado, esto lo ponía en desventaja.

—Pensé que sería el primero en llegar —le dijo mientras la abrazaba.

—Tenía unos correos que contestar y no aguantaba estar en la oficina ni un minuto más, mejor me adelanté a tomar un café mientras te esperaba. El *latte* de este lugar es delicioso.

—Entonces tendré que seguir tu recomendación y lo probaré.

En realidad el único café que Felipe toma es americano o *expresso*. El resto de las variantes le parecen demasiado dulces. Pero, en ese momento, pedir lo que a ella le gustaba le pareció una buena manera de conectar.

Fátima le contó que su gusto por Tamayo se debía a su hija Fabiola; cuando ella nació, el muralista había perdido la vida a sus noventa y un años. Al día siguiente se encontró con la noticia en los periódicos, junto con un pequeño reportaje en el que se incluían algunas de sus obras. Quedó enamorada de lo que sus ojos veían: su nueva hija y *La dualidad*.

—De hecho, en la sala de mi casa tengo un par de litografías de Tamayo. No es la primera vez que veré sus obras, pero siempre me emociona. Tenía que aprovechar la oportunidad ahora que las han traído a la ciudad —dijo entusiasmada.

—Claro que te entiendo. Hace muchos años tuve la oportunidad de ir al MoMA con una persona muy querida. El museo estaba casi vacío gracias a las bajas temperaturas de esos días. Cuando vimos *La noche estrellada* ella lloró, yo no sabía si seguir contemplando la obra de arte o a ella. La pintura era hermosa, pero la manera en la que ella la miraba la convertía en otra cosa.

Felipe se quedó callado de golpe, no era una buena idea hablar de otra mujer en su primera cita con Fátima, aunque a ella parecía no haberle importado. A esas alturas de la vida negar que los dos se habían enamorado en el pasado sería engañarse. Si has tenido suerte, el amor ha llegado a tu vida más de una vez. Entonces, ¿por qué esconder el fuego?

La ciudad parecía más limpia que de costumbre, mientras caminaban al museo veían las pequeñas casas de colores que se encontraban al cruzar el río. Fátima se veía más guapa al pasear por aquellas calles. Felipe empezó a pensar que quizá ella sería la indicada, el personaje en el cual podría vaciar sus letras.

—Yo pago las entradas —le dijo Fátima al llegar a la taquilla.

—No, ¿cómo crees? Yo te invité a salir.

—Yo decidí el lugar y también decido pagar nuestros boletos. No seas testarudo.

—Probablemente eres la única persona que usa la palabra *testarudo* en una conversación, y eso que conozco a los escritores más estrafalarios —bromeó.

—Tú acabas de utilizar la palabra *estrafalarios*.

Felipe rio con autenticidad. Su risa nunca formaba parte de ningún plan, ni para enamorar ni para caerle bien a algún editor... Cuando reía, lo hacía de verdad.

El escritor escuchó con atención la explicación de Fátima sobre algunos de los cuadros. Cuando llegaron a *La dualidad,* Fátima lloró como años atrás también lo había hecho Alessandra. En esta ocasión era un cuadro distinto, pero ahora sabía que tenía que observar la pintura. Mirarla a los ojos le resultaba muy íntimo, se sintió incómodo al saber lo que pasaba a su lado.

Felipe entendía la conexión emocional que su acompañante tenía con el cuadro, era la única razón por la que alguien llora al ver una obra de arte.

—Iré al baño, ahora vuelvo —le susurró para darle un momento a solas.

—Aquí te espero —contestó aún llorando.

En realidad lo único que quería era alejarse un momento de esa situación. Cuando llegó al *lobby* se encontró con docenas de adolescentes, probablemente eran alumnos en una visita escolar. Tantos cuerpos debieron de haberla ocultado, pero él podría distinguirla entre cualquier multitud. Vestía una camisa blanca debajo de un saco negro y un pantalón de vestir. Sobre su pecho llevaba un gafete y, aunque se encontraba lo bastante lejos para verlo, él estaba seguro de algo... era Alessandra.

10

Estaba congelado y aun así ardía. Sintió un hueco en el corazón y en el estómago. Había pasado mucho tiempo desde la última vez que se vieron. ¿Qué debía hacer? Alessandra se había puesto furiosa después de leer lo que Felipe publicó sobre ella. Le exigió que nunca más volviera a buscarla… Y ahora estaban en el mismo lugar, sólo había ocho metros de distancia entre ellos. Necesitaba alejarse de todo. Avanzó. Le faltó el aire. Esquivó a quien se puso en su camino. Y, finalmente, salió del museo sin ser visto por su examante. Parecía que el aire pasaba de su nariz a la boca sin antes pasar por los pulmones. No quería volver a entrar. Se volvería loco al tenerla tan cerca y no poder hablarle.

De pronto recordó a Fátima. Ella lo esperaba donde la había dejado, no podía perder la oportunidad de volver a enamorarse. Tenía que escribir ese libro y, al mismo tiempo, no quería ser el patán que huye en medio de una cita. La llamó un par de veces para pedirle que se encontraran afuera, pero no contestó. No iba a permanecer ahí más tiempo, así que fue a buscar algún bar por la zona. Entró al primero que se le cruzó en el camino, era un lugar sucio y con poca luz, pero lleno de gente. Fue directo a la barra a ordenar un mezcal y una cerveza, para empezar.

Estaba furioso, seguramente Fátima no volvería a dirigirle la palabra después de abandonarla. Estaba confundido por haber visto a Alessandra, era una mezcla de nostalgia y desasosiego. De pronto se sintió ansioso por todo lo que vivió a su lado. Estaba ahí, en ese bar y al mismo tiempo escapaba a un lugar lejano en lo más profundo de sus pensamientos. Bebía en silencio, con la mirada perdida y los dedos golpeando la barra.

Tenía que escribir un libro en menos de un mes, pero emborracharse parecía más sencillo. Seguía bebiendo mientras hablaba con los extraños que se encontraban en el mismo bar. Buscaba encontrarse con alguna persona lo suficientemente interesante para poder escribir sobre ella. Temblaba como consecuencia del alcohol y el cigarro. En el baño le ofrecieron cocaína y, aunque nunca antes la había probado, decidió comprar un poco. No había nada que perder y, quién sabe, quizá las drogas abrirían su mente.

No supo en qué momento acabó la noche, despertó y no reconoció la habitación vacía en donde se encontraba. Le dolía la cabeza y aún se sentía borracho. Sus manos temblaban mientras intentaba abrir la puerta que lo llevaría de regreso a casa. No recordaba lo que había pasado y eso lo aterraba. ¿Cómo había llegado a ese motel barato? ¿Se había acostado con alguien? Revisó su celular para buscar alguna pista de lo que pudo haber pasado, pero todo seguía igual desde la última vez que llamó a Fátima afuera del museo. De camino a su casa intentó recuperar los recuerdos. Por su mente pasaron imágenes de él aspirando cocaína en uno de los cubículos del baño. Estaba decepcionado de sí mismo, nunca pensó que llegaría a ese punto. Inhalar cocaína en el baño del bar más corriente del centro para después despertar solo en un motel... Y sin recursos para escribir.

Pera

QUIZÁ HA SIDO EL
QUE HE PAGADO P

erla

PRECIO MÁS ALTO

OR UNA HISTORIA

11

Le atormentaba seguir con la farsa, sabía que después de echar a perder su oportunidad con Fátima ya no tendría el tiempo suficiente para escribir su nuevo libro, o al menos no para enamorarse y además escribir un libro. Lo más sencillo sería terminar con aquella pesadilla y llamar a su editora para confesarle que no lograría cumplir con la fecha de entrega. Unas lágrimas se escaparon al saber que ya no volvería a visitar las ferias para presentar nuevos trabajos, tendría que vivir del pasado. Con un poco de suerte, la editorial reeditaría sus primeros libros y eso le daría un poco más de vida ante nuevos lectores.

Mientras buscaba el número de su editora se encontró con el de Alessandra. Aunque le había pedido que no la volviera a buscar, nunca lo había eliminado. Cuando terminaron, se deshizo de todo lo que le traía recuerdos de ella. Eliminó las fotos y los mensajes. Tiró los regalos y las cartas, pero nunca pudo borrar su número telefónico. No podía perder esa última conexión que tenía con ella, creía que guardar su contacto en el celular le daría la oportunidad de volver a encontrarla después de algún tiempo en caso de ser necesario. Se equivocó una vez más, pudo haber eliminado todo sobre ella y aun así la vida los volvería a reunir. Felipe pensaba que quizá aquel fugaz encuentro en el museo era una señal. Alessandra pudo haber cambiado en esos años, tal vez no dejó de pensar en él. Tenía que intentarlo una vez más; reencontrarse con su verdadero amor lo haría feliz aunque ella no le permitiera escribir su historia. Sabía dónde encontrarla, el gafete que usaba el día que la encontró comprobaba que trabajaba en ese museo. Ahora que tenía tiempo para asimilar la situación, estaba convencido: iba a reenamorarse, ¿o a reenamorarla?

La determinación que tuvo se esfumó en cuanto llegó al museo. Volvió a sentir huecos en su cuerpo. Con sólo ver el naranja de las paredes se sintió aturdido. Ese día la entrada era gratuita, se dirigió a la sala donde se exponía el trabajo de Rufino Tamayo. Quería ganar un poco de tiempo y aprovechar para terminar de ver la exposición, no le gustaba dejar las cosas a medias. Caminó lento entre las salas, se sentó en todas las bancas que encontró en el camino con la excusa de poder admirar el trabajo del pintor, al cual no admira en lo absoluto. Al estar parado no hacía más que mover sus manos y cuando tomaba asiento lo que movía eran las piernas. No podía quedarse quieto. El sólo hecho de saber que Alessandra se encontraba en el mismo edificio lo volvía loco y, a la par, se sentía lleno de vida. Por primera vez en mucho tiempo sintió que ardía, al parecer todavía le quedaban cosas por contar. Necesitaba beber algo para dejar de moverse. Siempre que los nervios lo invaden los oculta con café o agua mineral. Tener algo en las manos lo hace sentir más seguro. Iba camino a la cafetería cuando la escuchó detrás de él.

—¿Tú en la exposición de Rufino Tamayo?

—He cambiado mucho desde la última vez que me viste, Alessandra —dijo con fingida tranquilidad.

—No sabes cuánto me gustaría creerlo.

—¿Que ahora me gusta Tamayo?

—Que has cambiado. Te vi al llegar, no sabía si esconderme o saludarte —aceptó con total sinceridad.

—Entonces, ¿por qué decidiste saludarme?

—Parece que yo también he cambiado. Tuve suerte de no encontrarte antes... O quizá el de la suerte fuiste tú. Algún día nos volveríamos a cruzar, mejor lidiar con eso desde ahora.

—Como quitarte un curita —dijo él con sarcasmo.

—Como quitarme un curita.

—Me hubiera gustado ser algo más que eso.

—Lo fuiste... Hace mucho tiempo lo fuiste. —Su voz era suave, pero lo miraba con resentimiento.

—¿Podemos tomar algo?

—Salgo en una hora, puedes seguir admirando a Tamayo mientras me esperas —se burló de él.

Felipe estaba sorprendido por la civilizada conversación que tuvo con Alessandra. Esperaba más hostilidad, más rencor y, sobre todo, más pasión. Las pocas chispas que vio en sus ojos sólo lo dejaron sediento. Fue a la cafetería para comprar una botella de agua mineral y se siguió a la tienda del museo donde vendían libros especializados en arte, *souvenirs* y joyería. Era un buen lugar para esperar a Alessandra. Entre todos los libros se encontró con uno que incluía todas las pinturas de

Van Gogh. No tenía la certeza de que ella recordara tanto ese día como él lo sigue haciendo, pero le pareció que regalarle ese libro, además de ser un lindo detalle, podría traerle buenos recuerdos de cuando estuvieron juntos. La nostalgia tenía que jugar de su lado para que tuviera una segunda oportunidad. Pidió pluma y papel para escribirle una nota que guardaría entre las páginas.

Porque entre el Van Gogh y tus ojos...

Felipe pidió que envolvieran el libro con un papel de color rojo brillante y un moño dorado. Compró otro libro para leer mientras seguía esperando a que terminara el turno de su ex. Estaba tan concentrado en su lectura que no se percató cuando ella se sentó al otro extremo de la banca. Él tenía la mirada puesta en el libro y ella dos cafés en las manos.

—¿Te sigue gustando negro? —Le pasó uno de los vasos.

—Eso sí que nunca cambia —contestó al salir de su ensimismamiento—. Yo también te traje algo.

—¿Es un libro? Pesa mucho para ser un libro.

La luz del sol que entraba por los ventanales avivaba el rojo de su cabello y aclaraba sus ojos cafés. La veía más hermosa que antes, como si el tiempo sólo hubiera logrado acentuar su belleza. Por el contrario, él sólo se sentía más viejo y más cansado.

—Ya te había visto antes —confesó él.

—¿Me viste?

—Sí, aquí en el museo. No me lo esperaba, necesitaba tiempo para saber qué hacer.

—¿Y qué quieres hacer? —preguntó ella con curiosidad.

—Hablamos con muchas preguntas, ¿no crees?

—¿Será por desconfianza?

—Quizá… Quiero seguir viéndote, Alessandra.

—No puedes decirme eso después de tanto tiempo.

—Si te lo digo es porque precisamente después de todo este tiempo te sigo sintiendo —dijo él con sinceridad.

—Es por el *shock* de verme inesperadamente.

—Tú y tu psicología barata.

—Tú y tus pendejadas —respondió Alessandra con brusquedad.

La conversación fue subiendo de tono. Los rencores se liberaron. Las palabras ardían. Felipe escribió la historia de Alessandra sin pedir permiso. Ella le recriminó su falta de lealtad, lo que le molestó en aquel entonces fue su poca empatía. No fue hasta que el libro se publicó cuando fue consciente de que su vida era la que estaba en esa novela. Sus alegrías, decepciones y dolores disfrazados de ficción. Se sentía traicionada. Le había quitado su humanidad para convertirla en uno más de sus libros.

Felipe, por el contrario, no podía reclamarle nada a quien le dio todo y, a pesar de eso, no estaba en sus planes ceder ante sus palabras. Buscó en sus recuerdos todo aquello que en su momento lo lastimó para poder contraatacar. La discusión duró más de una hora. Cuando ya no supieron qué más decir, Alessandra concluyó la conversación y se alejó de él. Felipe se sintió desmoralizado, la primera conversación le hizo creer que el reencuentro sería más espontáneo y natural. Pero a quién engañaba, los reencuentros nunca eran así.

Continuó leyendo, no deseaba regresar a su casa para descubrir que su computadora seguía encendida y las páginas continuaban en blanco.

12

El escritor despertó con la vibración de su celular sobre el buró. Era Alessandra, le sorprendía que ella también siguiera conservando su número.

—¿Hola? —respondió adormilado.

—Siempre has sido un manipulador, ¿lo sabes?

—Lo sé. —En realidad lo único que quería era terminar la discusión para poder seguir durmiendo—. ¿Ahora qué fue lo que hice?

—El libro.

—Sé que te gusta Van Gogh.

—La nota —agregó ella.

—Soy escritor.

—Y un manipulador. Te veo por la noche en La Terraza 33, me vas a invitar un café.

No alcanzó a confirmar, ella ya había colgado. La llamada lo tenía confundido y, al mismo tiempo, eso le daba cierta estabilidad. Con Alessandra todo era confuso, eso era una sensación familiar. Le daban ganas de seguir en la cama, pero necesitaba liberar aquella ráfaga de inspiración que de pronto le había llegado. Se puso un poco de ropa y caminó a su estudio para intentar escribir. Sus dedos pasaban sobre el teclado casi sin tocarlo. Sabía lo que quería contar, pero no cómo iniciarlo. Pasaron algunos minutos hasta que por fin se puso a escribir. Lo hacía sin parar y aun así no se confiaba, unos días atrás había escrito algunas páginas sólo para trasladarlas al basurero. No tuvo tiempo de revisar lo que había escrito porque la hora de la cita se acercaba. Con suerte alcanzaría a darse un regaderazo antes de salir corriendo hacia el restaurante. Buscó por todos los cajones el atuendo perfecto, debía verse mejor que el día anterior para tener un mejor efecto en ella. Al final escogió un pantalón y un suéter negro que lo hacía ver más delgado.

La Terraza 33 era un pequeño restaurante con vista a la ciudad, iluminado por luces que colgaban por todos lados. El escenario resultaba romántico, pero el silencio que circundaba entre los dos era más bien incómodo. Felipe esperó a que Alessandra fuera la primera en hablar. Ella esperaba que Felipe por fin se disculpara.

—¿Perdón? —Él quería ser más maduro, el que le pusiera fin a una discusión de adolescentes.

—¿Me estas pidiendo perdón? Vaya forma de hacerlo.

Felipe suspiró ante la respuesta.

—Lo siento. No tenía derecho a publicar ese libro. Nunca he sido deshonesto, mis sentimientos siempre han sido reales. Siempre te he querido, y lo sabes, por eso hoy estás aquí.

—Estoy aquí porque me gustan las historias de amor imposible, pero esa disculpa fue un buen comienzo —señaló Alessandra.

—No quiero volver a dejar de ver tus ojos. Decidir entre *La noche estrellada* y tus ojos nunca había sido tan sencillo como en este momento.

—Eso es porque ese cuadro no está aquí ahora mismo. Jugar con la nostalgia sigue siendo trampa, cuando eras joven tenías mejores armas.

—Era más guapo y cuando se tiene belleza todas las armas parecen mejores. No me la vas a poner fácil, ¿cierto?

—No, pero si tenemos suerte, valdrá la pena.

Pasaron al café descafeinado porque ya era muy tarde para la cafeína y muy temprano para tantas cosas que quedaban pendientes por hablar. Recordaron los momentos en los que fueron felices, debían aferrarse a ellos si querían intentarlo una vez más. Alessandra le contó que ahora trabajaba como curadora en el museo, el pago era mínimo, pero realmente no necesitaba el dinero. Felipe le habló de su nuevo libro: un escritor se reencuentra con su primer amor, pues era la actriz que interpretaría al personaje principal en la adaptación de una de sus novelas. Ella lo miró con desconfianza. Temía volver a estar involucrada en una de sus historias, pero en ese momento sólo prefería olvidar y dejarse llevar. Se sentía vieja como para ir por la vida tomando precauciones absurdas. Había decidido darle otra oportunidad al amor. A él.

13

Felipe escribía como loco, las palabras fluían. Sabía que volverse a ver con Alessandra lo había inspirado, pero no podía creer el ritmo que iba tomando su novela. De seguir así no tendría que preocuparse por armar un plan «B». Nada de reeditar sus libros, no necesitaría a ningún escritor fantasma. Su editora leería un manuscrito original enviado por él mismo. Pese a que intentaba que todo lo que escribiera fuera ficción, le era imposible no llenar algunos huecos con la historia de Alessandra. Lo hacía de forma mesurada, cuidando cada detalle para no delatarse. No siempre se consiguen segundas oportunidades, Felipe es afortunado y es consciente de ello.

La noche anterior platicaron hasta que los echaron del restaurante. Lograron recuperar la conexión que alguna vez tuvieron, pero aún existía cierta distancia que sólo el tiempo podría acortar. Se despidieron con un abrazo aunque ambos querían besarse y, cuando llegaron a sus respectivas camas, sólo deseaban compartirla con el otro. La pasión se acumuló desde el día que terminaron y ahora buscaba abrirse paso. Al mismo tiempo, Alessandra temía que la volvieran a utilizar y a Felipe le aterraba lastimarla.

14

—¿Quieres venir a mi casa esta noche? Te quiero preparar una cena deliciosa. —Fue lo primero que dijo Felipe cuando Alessandra contestó el teléfono.

—¿Desde cuándo cocinas?

—Tomé un curso, tenía mucho tiempo libre.

—¿A las siete? —preguntó curiosa.

—Perfecto, te paso mi dirección.

Era muy temprano para empezar a cocinar. Leyó las ciento veinte páginas que llevaba de su novela. Le parecía que era lo mejor que había escrito hasta ese momento. Si hablaba con su editora quizá hasta podrían meter el libro a algún concurso. No había mejor manera de regresar después de cuatro años que con un premio literario. Sólo así podría justificar su ausencia. Todos desearían pasar tiempo con él, lo volverían a invitar a todas las reuniones y ferias. *¿De verdad necesito a esos «amigos»?* Era como si la vida regresara a él, ni siquiera necesitaba tomar para seguir escribiendo.

Los días en la ciudad suelen ser muy calurosos, es casi imposible moverse sin sudar. Algunos recurren al aire acondicionado para sobrellevar el clima, pero esa noche pintaba para ser fresca. Felipe abrió todas las ventanas de su casa para dejar correr el aire. Quizás exageró un poco cuando dijo que había tomado un curso de cocina, en realidad sólo había asistido a una clase en la que le enseñaron a preparar lasaña. También preparó una crema de zanahoria que aprendió a preparar por internet y compró helado en caso de que a ella se le antojara un postre.

Alessandra llegó a las ocho y Felipe estaba convencido de que había llegado tarde sólo para mostrarle que ahora era ella la que tenía el poder. Prefirió no hacer ningún comentario sobre la hora para demostrarle que ni siquiera se había dado cuenta.

—Muero de hambre, ¿realmente cocinaste o tendremos que pedir servicio a domicilio?

—No esperaba que me creyeras —dijo Felipe.

—No eres tú, son los hombres.

—Sí soy yo.

—Sí, sí lo eres —aceptó ella.

Le parecía justo aguantar retrasos y comentarios incisivos; sin embargo, tenía la esperanza de que aquello no durara demasiado. Es un tipo orgulloso y no lo aguantaría durante mucho tiempo. Felipe llevó la comida a la mesa para después encender unas velas. No pudo esconder su sonrisa cuando vio que Alessandra parecía disfrutar lo que había preparado.

—Me gustaría que leyeras lo que he escrito, quiero saber qué es lo que piensas —se aventuró a preguntarle.

—Tienes mi correo, ¿por qué no me lo mandas?, y lo leo en cuanto tenga tiempo.

—Tengo el archivo en mi celular, te lo mando antes de que lo olvide.

—Llegué a creer que dejarías de escribir —agregó Alessandra.

—Quizá un día lo haga.

—No, ahora sé que no. Escribir siempre será tu prioridad. ¿Sabes algo? Creo que admiro eso de ti. Tú siempre has sabido qué es lo que te gusta hacer, hay personas que mueren sin encontrar su pasión.

—Tú haces lo que te apasiona, siempre te ha gustado el arte.

—Sí, pero no siempre tuve el valor para dedicarme a eso. Mis prioridades cambian todo el tiempo. —Se le notaba distinta, efectivamente algo había cambiado.

Terminaron rápido con la cena, después siguieron los cuerpos. Bebieron tanto que perdieron sensibilidad al tacto. Se tocaron con firmeza para poder sentirse. Se besaron como si quisieran destruir sus labios. En la cama hicieron el amor como si tuvieran treinta años menos. Ni el sudor ni el cansancio podían con ellos. Ninguno de los dos recordaba la última vez que habían tenido sexo de esa manera. Esa noche durmieron juntos. Sin importar que la cama fuera enorme, ellos parecían una sola persona.

Cuando Felipe despertó, Alessandra ya estaba en la cocina exprimiendo naranjas para beber su jugo. Se reconocieron como una pareja de recién casados que se preparan antes de salir a trabajar.

—Ya terminé de leer lo que me mandaste.

—Pero si son más de cien páginas, ¿en qué momento las leíste?

—Son las once de la mañana, Felipe. Desperté hace tres horas.

El escritor no acostumbraba despertar temprano. Prefería trabajar hasta tarde y eso le daba licencia para no levantarse de la cama hasta el mediodía. Desde su punto de vista esa era una de las mayores ventajas que tiene su trabajo, siempre y cuando se sintiera inspirado. Probablemente no dormiría esos últimos días hasta terminar la novela.

—¿Qué opinas? ¿Te gustó? —Su ego explotaría si no decía algo al respecto.

—Siempre has escrito bien.

—Y tú, ¿siempre has sido tan misteriosa y concisa en tus respuestas? No recuerdo eso de ti.

—El texto me gustaría si no me encontrara en algunos fragmentos. —Era evidente que el escritor no lo había ocultado tan bien como creía.

—Siempre has estado en mí, no puedo sacarte, aunque lo intento. Entiéndeme, escribo de lo que siento y cuando siento estás ahí.

—No podemos caer en lo mismo una vez más. Formar parte de esta narrativa no es una opción para mí, y lo sabes.

—Pero es casi imperceptible. Sólo tú y yo sabemos que esas palabras somos nosotros.

—Sí, lo sé... Pero después de esto no podrás parar. Nunca has sabido poner el freno.

—Quedamos en que he cambiado, ¿no?

—Podrás haber cambiado, pero mi miedo sigue siendo el mismo.

Felipe comenzaba a sentirse intranquilo, tenía que convencer a Alessandra de que todo estaría bien. Su novela no sería lo mismo si eliminaba aquellos fragmentos sobre ella, era ahí donde se encontraba el corazón de la historia.

—Necesito que confíes en mí. Jamás publicaría algo con lo que no te sintieras cómoda. Te pido que lo razones con calma, ya luego me darás una respuesta.

—De acuerdo... Lo pensaré. Tengo que irme, se me hace tarde para llegar al trabajo.

15

Necesitaba terminar el libro ese mismo día, creía que al tener la novela terminada Alessandra no se atrevería a darle una negativa. Al no poder dejar de pensar en la posible respuesta de ella le era imposible continuar escribiendo sin seguir mezclando su vida amorosa con la ficción. Los guiños que al inicio de la novela eran discretos se volvían más evidentes conforme avanzaba. Era una ridiculez, a él le parecía que nadie tenía la información necesaria para relacionar su libro con Alessandra. *¿Acaso la egoísta no es ella?*

—¿Cómo vas con el libro? ¿Quieres que empecemos a trabajar en él? —Era su editora al teléfono.

—Estoy por terminar, si todo sale bien lo tendrán antes de la fecha límite.

—Qué alegría me da escuchar esas noticias. Por acá todos estamos muy entusiasmados por leerte. Sabemos que será un *hit,* como siempre.

—Gracias por la confianza. La próxima vez que sepan de mí será cuando les mande el manuscrito. Tengo que dejarte para seguir trabajando —concluyó él muy convencido.

—Así lo espero. ¡Besos!

16

Había pasado más de un día desde que Alessandra leyó las primeras páginas. Felipe no quería presionarla, pero le urgía conocer su respuesta. La noche anterior había terminado el primer borrador, hoy tendría tiempo para revisarlo y corregirlo. Se lo mandaría a su editora en veinticuatro horas. Si tan sólo Alessandra hubiera respondido algo. Llamarla no era la mejor idea cuando había tanto en juego. Guardó su laptop en una mochila y se dirigió al museo para encontrarse con ella.

Llegó a su oficina con un pequeño ramo de tulipanes amarillos, sabía que eran sus flores favoritas y quería ponerla de buen humor. La vio a través de la pared de cristal, el vestido azul que usaba resaltaba aún más el color de su cabello.

—Te traje un regalo —dijo mientras tocaba la puerta entreabierta.

—¡Me encantan! Dame un segundo para pedir un florero.

Tomó el teléfono para llamar a la secretaria. Felipe aprovechó la pausa para pasear la mirada por el librero que cubría toda la pared. Se conmovió al ver algunos de sus libros, no sabía si siempre los había tenido ahí o apenas acababa de recuperar un lugar en su oficina.

—¿Te quieres sentar? —La pregunta lo sacó de sus pensamientos.

—Sí, gracias. Tuve una junta por aquí y pensé que las flores te harían feliz.

—Nos conocemos, Felipe. No hace falta mentir de esa manera.

—¿Ya lo pensaste? —investigó ansioso.

—Sí, no te gustará mi decisión —contestó con determinación.

—¿Qué decidiste?

—Intento entender y respetar tu trabajo como escritor, pero no quiero formar parte de él. No así. Si deseas que esto vuelva a ser, no puedes publicar lo que has escrito.

—Me gustaría que leyeras el resto, ya terminé el libro —insistió.

—Lo leeré con mucho gusto, pero mi decisión seguirá siendo la misma. No puedo estar contigo sabiendo que todo lo que vivamos podrá acabar en un libro al alcance de cualquiera con dinero en la cartera o acceso a internet.

—Lo entiendo.

Le parecía inútil seguir con aquello. Alessandra estaba convencida de su decisión, cualquier intento de persuadirla sólo lo pondría en una situación humillante. No planeaba rogarle, aceptaría su decisión.

—De todas formas me gustaría que leyeras el libro completo. ¿Qué harás al salir de aquí?

—Hoy trabajaré toda la noche. Tenemos que organizar un par de exposiciones antes de que termine la semana, tenemos el reloj en nuestra contra. ¿Qué te parece si desayunamos mañana en tu casa?

—Claro, ahora tú cocinas —contestó sin ánimos de seguir la conversación.

—Trato.

Felipe estaba abatido, sentía que sus planes se caían a pedazos. Por un lado tenía la oportunidad de ser feliz al lado de una mujer a la que amaba, pero al mismo tiempo no podría seguir con su trayectoria literaria. Ya no disfrutaría la vida a la que se había acostumbrado, sólo le quedaría convertirse en alguien más del público. *¿En realidad eso importa?* Sí.

Se acostó a escuchar música para alejar los pensamientos que lo acosaban y muy pronto se quedó dormido.

17

Felipe despertó sobresaltado. Recordó su sueño: frente a él se alcanzaba a ver un lago iluminado por la luz de la luna. Él caminaba en dirección al agua, desnudo. El agua estaba helada, pero él no tenía control sobre su cuerpo, seguía caminando. Si avanzaba unos pasos más moriría ahogado, no sabía nadar. De pronto comenzaron los destellos verdes por todas partes. Cientos de luces parpadeantes resplandecían. Eran luciérnagas.

18

Al despertar de su sueño buscó su celular. Sabía lo que tenía que hacer: mandar un mensaje.

«Hola, Alessandra. Lo siento, tendremos que posponer el desayuno».

Después de mandar el mensaje fue directo a su computadora. Le escribió un correo a su editora en el que adjuntaba su novela. Lo envió y regresó a su cama para dormir de nuevo.

Cómo rechazar la luz cuando le temes a la oscuridad.

SI HAS TENIDO SUERTE, EL AMOR
HA LLEGADO A TU VIDA MÁS DE UNA VEZ.

¿POR QUÉ
ESCONDER
EL FUEGO?

ÍNDICE

Anoche en las trincheras 7

Esperanza 59

Bifurcación 97

De qué se escribe cuando no se escribe de amor 133